南腔北調集

經典新版

魯迅——著

萬家墨面沒蒿萊，
敢有歌吟動地哀；
心事浩茫連廣宇，
於無聲處聽驚雷。

魯迅

南腔北調集 目錄

南腔北調集

目錄

南腔北調集 目錄

出版小引

還原歷史的真貌
——讓魯迅作品自己說話

陳曉林

中國自有新文學以來，魯迅當然是引起最多爭議和震撼的作家。但無論是擁護魯迅的人士，或是反對魯迅的人士，至少有一項顯而易見的事實，是受到雙方公認的：魯迅是現代中國最偉大的作家。

時至今日，以魯迅作品為研究題材的論文與專書，早已俯拾皆是，汗牛充棟。全世界以詮釋魯迅的某一作品而獲得博士學位者，也早已不下百餘位之多。而中國大陸靠「核對」或「注解」魯迅作品為生的學界人物，數目上更超過台灣以「研究」孫中山思想為生的人物數倍以上。但遺憾的是，台灣的讀者卻始終無緣全面性地、無偏見地看到魯迅作品的真貌。

事實上，魯迅自始至終是一個文學家、思想家、雜文家，而不是一個翻雲覆雨的政治人物。中國大陸將魯迅捧抬為「時代的舵手」、「青年的導師」，固然是以政治手段扭曲了魯迅作品的真正精神；台灣多年以來視魯迅為「洪水猛獸」、「離經叛道」，不讓魯迅作品堂堂正正出現在讀者眼前，也是割裂歷史真相的笨拙行徑。試想，談現代中國文學，談三十年代作品，而竟獨漏了魯迅這個人和他的著作，豈止是造成半世紀來文學史「斷層」的主因？在明眼人看來，這根本是一個對文學毫無常識的、天大的笑話！

正因為海峽兩岸基於各自的政治目的，對魯迅作品作了各種各樣的扭曲或割裂；而研究魯迅作品的文人學者又常基於個人一己的好惡，而誇張或抹煞魯迅作品的某些特色，以致魯迅竟成為近代中國文壇最離奇的「謎」，及最難解的「結」。

其實，若是擱置激情或偏見，平心細看魯迅的作品，任何人都不難發現：

一、魯迅是一個真誠的人道主義者，他的作品永遠在關懷和呵護受侮辱、受傷害的苦難大眾。

二、魯迅是一個文學才華遠遠超邁同時代水平的作家，就純文學領域而言，他的《吶喊》、《徬徨》、《野草》、《朝花夕拾》，迄今仍是現代中國最夠深度、結構也最為嚴謹的小說與散文；而他所首創的「魯迅體雜文」，冷風熱血，犀利真摯，抒情析理，兼而有之，亦迄今仍無人可以企及。

三、魯迅是最勇於面對時代黑暗與人性黑暗的作家，他對中國民族性的透視，以及對專制勢力的抨擊，沉痛真切，一針見血。

四、魯迅是涉及論戰與爭議最多的作家，他與胡適、徐志摩、梁實秋、陳西瀅等人的筆戰，迄今仍是現代文學史上一樁樁引人深思的公案。

五、魯迅是永不迴避的歷史見證者，他目擊身歷了清末亂局、辛亥革命、軍閥混戰、黃埔北伐，以及國共分裂、清黨悲劇、日本侵華等一連串中國近代史上掀天揭地的鉅變，秉筆直書，言其所信，孤懷獨往，昂然屹立，他自言「橫眉冷對千夫指，俯首甘為孺子牛」，可見他的堅毅與孤獨。

現在，到了還原歷史真貌的時候了。隨著海峽兩岸文化交流的展開，再沒有理由讓魯迅作品長期被掩埋在謊言或禁忌之中了。對魯迅這位現代中國最重要的作家而言，還原歷史真貌最簡單、也最有效的方法，就是讓他的作品自己說話。

不要以任何官方的說詞、拼湊的理論，或學者的「研究」來混淆了原本文氣磅礴、光焰萬丈的魯迅作品；而讓魯迅作品如實呈現在每一個人面前，是魯迅的權利，也是每位讀者的權利。

恩怨俱了，塵埃落定。畢竟，只有真正卓越的文學作品是指向永恆的。

題記

一兩年前，上海有一位文學家，現在是好像不在這裡了，那時候，卻常常拉別人為材料，來寫她的所謂「素描」。我也沒有被赦免。據說，我極喜歡演說，但講話的時候是口吃的，至於用語，則是南腔北調[1]。前兩點我很驚奇，後一點可是十分佩服了。

真的，我不會說綿軟的蘇白，不會打響亮的京腔，不入調，不入流，實在是南腔北調。而且近幾年來，這缺點還有開拓到文字上去的趨勢；《語絲》[2]早經停刊，沒有了任意說話的地方，打雜的筆墨，是也得給各個編輯者設身處地地想一想的，於是文章也就不能劃一不二，可說之處說一點，不能說之處便罷休。即使在電影上，不也有時看得見黑奴怒形於色的時候，一有同是黑奴而手裡拿著皮鞭的走過來，便趕緊低下頭去麼？我也毫不強橫。

一俯一仰，居然又到年底，鄰近有幾家放鞭炮，原來一過夜，就要「天增歲月人增壽」了。靜著沒事，有意無意的翻出這兩年所作的雜文稿子來，排了一下，看看已經足夠印成一本，同時記得了那上面所說的「素描」裡的話，便名之曰《南腔北調集》，準備和還未成書的將來的《五講三噓集》[3]配對。

我在私塾裡讀書時，對過對，這積習至今沒有洗乾淨，題目上有時就玩些什麼《偶成》，《漫與》，《作文秘訣》，《搗鬼心傳》，這回卻鬧到書名上來了。這是不足為訓的。

其次，就自己想：今年印過一本《偽自由書》，如果這也付印，那明年就又有一本了。於是自己覺得笑了一笑。

這笑，是有些惡意的，因為我這時想到了梁實秋[4]先生，他在北方一面做教授，一面編副刊，一位嘍囉兒[5]就在那副刊上說我和美國的門肯（H.L.Mencken）[6]相像，因為每年都要出一本書。每年出一本書就會像每年也出一本書的門肯，那麼，吃大菜而做教授，真可以等於美國的白璧德[7]了。

低能好像是也可以傳授似的。但梁教授極不願意因他而牽連白璧德，是據說小人的造謠[8]；不過門肯卻正是和白璧德相反的人，以我比彼，雖出自徒孫之口，骨子裡卻還是白老夫子的鬼魂在作怪。指頭一撥，君子就翻一個筋斗，我覺得我到底也還有手腕和眼睛。

不過這是小事情。舉其大者，則一看去年一月八日所寫的《「非所計也」》，就好像著了鬼迷，做了惡夢，糊裡糊塗，不久就整兩年。怪事隨時襲來，我們也隨時忘卻，倘不重溫這些雜感，連我自己做過短評的人，也毫不記得了。

一年要出一本書，確也可以使學者們搖頭的，然而只有這一本，雖然淺薄，卻還借此存留一點遺聞逸事，以中國之大，世變之亟，恐怕也未必就算太多了罷。

兩年來所作的雜文，除登在《自由談》[9]上者外，幾乎都在這裡面；書的序跋，卻只選了自以為還有幾句可取的幾篇。曾經登載這些的刊物，是《十字街頭》[10]，《文學月報》，《北斗》，《現代》，《濤聲》，《論語》，《申報月刊》，《文學》等，當時是大抵用了別的筆名投稿的；但有一篇沒有發表過。

一九三三年十二月三十一日之夜，於上海寓齋記。

【注釋】

1 見上海《出版消息》第四期（一九三三年一月）《作家素描（八）。魯迅》，作者署名美子。其中說：「魯迅很喜歡演說，只是有些口吃，並且是『南腔北調』，然而這是促成他深刻而又滑稽的條件之一。」

2 為一文藝性週刊，最初由孫伏園等編輯，一九二四年十一月在北京創刊，一九二七年十月被奉系軍閥張作霖查禁，隨後移至上海復刊。一九三〇年三月出至第五卷第五十二期停刊。魯迅是主要撰稿人和支持者之一，並於該刊在上海出版後一度擔任編輯。參看《三閒集．我和〈語絲〉的始終》。

3 參看本書〈答楊村人先生公開信的公開信〉。這本集子後來沒有編成。

4 浙江杭縣（今餘杭）人，新月社主要成員，美國新人文主義者白璧德的門徒。曾任青島大學、北大教授，並主編天津《益世報》的《文學週刊》。

5 指梅僧。他在天津《益世報．文學週刊》第三十一期（一九三三年七月）發表的〈魯迅與H.L.Mencken〉一文中說：「曼肯（即門肯）平時在報章雜誌揭載之文，自己甚為珍視，發表之後，再輯成冊，印單行本。取名曰《偏見集》，厥後陸續匯集刊印，為第二集第三集以至於無窮。猶魯迅先生之雜感，每隔一二年必有一兩冊問世。」

6 門肯（一八八〇—一九五六），又譯孟肯、曼肯，美國文藝批評家，散文作家。他從自由主義立場出發，反對學院、紳士的「傳統標準」，反對一切市儈和社會上的庸俗現象。他的主張曾遭到白璧德等「新人文主義」者的攻擊，雙方論戰數十年。主要著作有《偏見集》，從一九一九年到一九二七年，共出六冊。

7 白璧德（I.Babbitt，一八六五—一九三三）美國近代「新人文主義」運動的領導者之一，哈佛大學教授。他的理論的核心是資產階級人性論，鼓吹人性的均衡，提倡個人克制及所謂道德準則，反對浪漫主義，主張復活歐洲古典文藝。主要著作有《新拉奧孔》、《盧梭與浪漫主義》、《民主和領導》等。

8 梁實秋在為吳宓等譯的《白璧德與人文主義》一書所作的序言中說：「我自己從來沒有翻譯過白璧德的書，亦沒有介紹過他的學說……但是我竟為白璧德招怨了。據我所看見的攻擊白璧德的人，都是沒有讀過他的書的人，我以為這是一件極不公平的事。」

9 《申報》的副刊之一。從一九三三年一月起，作者連續在該刊發表雜文；後來將一月至五月發表的編為《偽自由書》，六月至十一月的編為《准風月談》。

10 《十字街頭》為半月刊，第三期改為旬刊，「左聯」刊物之一，魯迅、馮雪峰合編。一九三一年十二月在上海創刊，次年一月即被國民黨政府禁止，僅出三期。

《文學月報》，「左聯」刊物之一，先後由周起應（周揚）等編輯。一九三二年六月在上海創刊，同年十二月被國民黨政府禁止，僅出六期。

《北斗》，月刊，「左聯」刊物之一，丁鈴編輯，一九三一年九月在上海創刊，次年七月被政府禁止，僅出八期。

《現代》，文藝月刊，施蟄存、杜衡編輯，一九三二年五月在上海創刊，一九三五年三月改為綜合性月刊，汪馥泉編輯，同年五月出至第六卷第四期停刊。

《濤聲》，文藝性週刊，曹聚仁編輯。一九三一年八月在上海創刊，一九三三年十一月停刊。共出八十二期。

《論語》，文藝性半月刊，林語堂等編，一九三二年九月在上海創刊，一九三七年八月停刊，共出一一七期。

《申報月刊》，申報館編輯和出版的國際時事綜合性刊物，也刊載少量文藝作品。一九三二年七月在上海創刊，一九三五年十二月出至第四卷第十二期停刊。

《文學》，月刊，鄭振鐸、傅東華等編輯，一九三三年七月在上海創刊，一九三七年十一月出至第九卷第四期停刊。

一九三二年

「非所計也」[1]

新年第一回的《申報》[2]（一月七日）用「要電」告訴我們：「聞陳（外交總長印友仁）[3]與芳澤[4]友誼甚深，外交界觀察，芳澤回國任日外長，東省交涉可望以陳之私人感情，得一較好之解決云。」

中國的外交界看慣了在中國什麼都是「私人感情」，這樣的「觀察」，原也無足怪的。但從這一個「觀察」中，又可以「觀察」出「私人感情」在政府裡之重要。

然而同日的《申報》上，又用「要電」告訴了我們：「錦州三日失守，連山綏中續告陷落，日陸戰隊到山海關在車站懸日旗……」

而同日的《申報》上，又用「要聞」告訴我們「陳友仁對東省問題宣言」云：「……前日已命令張學良[5]固守錦州，積極抵抗，今後仍堅持此旨，決不稍變，即不幸而挫敗，非所計也。……」

然則「友誼」和「私人感情」，好像也如「國聯」[6]以及「公理」，「正義」之類一樣的無效，「暴日」似乎不像中國，專講這些的，這真只得「不幸而挫敗，非所計也」了。

也許愛國志士又要上京請願了罷。當然，「愛國熱忱」，是「殊堪嘉許」的，但第一自然要不「越軌」，第二還是自己想一想，和內政部長衛戍司令諸大人「友誼」怎樣，「私人感情」又怎樣。倘不「甚深」，據內政界觀察，是不但難「得一較好之解決」，而且——請恕我直言——恐怕仍舊要有人「自行失足落水淹死」[7]的。

所以未去之前，最好是擬一宣言，結末道：「即不幸而『自行失足落水淹死』，非所計也！」然而又要覺悟這說的是真話。

一月八日。

【注釋】

1 本篇最初發表於一九三二年一月五日上海《十字街頭》第三期，署名白舌。

2 我國歷史最久的日報。一八七二年四月三十日（清同治十一年三月二十三日）創刊於上海，一九四九年五月二十六日上海解放時停刊。舊時新年各日報多連續休刊幾天，所以「申報」到一月七日才出新年後的第一回。

3 陳友仁（一八七五—一九四四），原籍廣東順德，出身於華僑家庭，一九一三年回國，曾任孫中山秘書及武漢國民政府外交部長等職。一九三二年一度任國民黨政府外交部長。舊時在官場或社交活動中，對人稱字不稱名；在文字上如稱名時，則在名前加一「印」字，以示尊重。

4 即芳澤謙吉，曾任日本駐國民黨政府公使、日本外務大臣等職。

5 張學良，字漢卿，遼寧海城人。九一八事變時任國民黨政府陸海空軍副司令兼東北邊防軍司令長官，奉蔣介石不抵抗的命令，放棄東北三省。一九三六年十二月十二日他與楊虎城發動西安事變，後被蔣介石囚禁。

6 國際聯盟的簡稱。第一次世界大戰後於一九二〇年成立的國際組織。它標榜以「促進國際合作、維持國際和平與安全」為目的，第二次世界大戰後無形解體，一九四六年四月正式宣告解散。九一八事變後，它袒護日本帝國主義對中國的侵略，當時國民黨政府對日本的侵略採取不抵抗政策，一味依賴國聯，如一九三一年十月十四日國民黨第四次代表大會對外宣言中就說：「當事變之初，中國即提請國聯處理，期以國際間保障和平機關之制裁，申張正義與公理。」

7 一九三一年九一八事變以後，各地學生為了反對國民黨政府的不抵抗政策，紛紛到南京請願，十二月十七日在南京舉行總示威時，有的學生遭刺傷後又被扔進河裡。次日，南京衛戍當局對記者談話，詭稱死難學生是「失足落水」。

林克多《蘇聯聞見錄》序[1]

大約總歸是十年以前罷，我因為生了病，到一個外國醫院去請診治，在那待診室裡放著的一本德國《星期報》（Die Woche）上，看見了一幅關於俄國十月革命的漫畫，畫著法官，教師，連醫生和看護婦，也都橫眉怒目，捏著手槍。這是我最先看見的關於十月革命的諷刺畫，但也不過心裡想，有這樣兇暴麼，覺得好笑罷了。後來看了幾個西洋人的旅行記，有的說是怎樣好，有的又說是怎樣壞，這才莫名其妙起來。

但到底也是自己斷定：這革命恐怕對於窮人有了好處，那麼對於闊人就一定是壞的，有些旅行者為窮人設想，所以覺得好，倘若替闊人打算，那自然就都是壞處了。

但後來又看見一幅諷刺畫，是英文的，畫著用紙版剪成的工廠，學校，育兒院等等，豎在道路的兩邊，使參觀者坐著摩托車，從中間駛過。這是針對著做旅行記述說蘇聯的好處的作者們而發的，猶言參觀的時候，受了他們的欺騙。

政治和經濟的事，我是外行，但看去年蘇聯煤油和麥子的輸出，竟弄得資本主義文明國的人們那麼駭怕的事實，卻將我多年的疑團消釋了。我想：假裝面子的國度和專會殺人的人民，是絕決不會有這麼巨大的生產力的，可見那些諷刺畫倒是無恥的欺騙。

不過我們中國人實在有一點小毛病，就是不大愛聽別國的好處，尤其是清黨之後，提起那日有建設的蘇聯。一提到罷，不是說你意在宣傳，就是說你得了盧布。而且宣傳這兩個字，在中國實在是被糟蹋得太不成樣子了，人們看慣了什麼闊人的通電，什麼會議的宣言，什麼名人的談話，發表之後，立刻無影無蹤，還不如一個屁的臭得長久，於是漸以為凡有講述遠處或將來的優點的文字，都是欺人之談，所謂宣傳，只是一個為了自利，而漫天說謊的雅號。

自然，在目前的中國，這一類的東西是常有的，靠了欽定或官許的力量，到處推銷無阻，可是讀的人們卻不多，因為宣傳的事，是必須在現在或到後來有事實來證明的，這才可以叫作宣傳。而中國現行的所謂宣傳，則不但後來只有證明這「宣傳」確鑿就是說謊的事實而已，還有一種壞結果，是令人對於凡有記述文字逐漸起了疑心，臨末弄得索性不看。即如我自己就受了這影響，報章上說的什麼新舊三都[2]的偉觀，南北兩京的新氣，固然只要看見標題就覺得肉麻了，而且連講外國的遊記，也竟至於不大想去翻動它。

但這一年內，也遇到了兩部不必用心戒備，居然看完了的書，一是胡愈之先生的《莫斯科印象記》[3]，一就是這《蘇聯聞見錄》。因為我的辨認草字的力量太小的緣故，看下去很費力，但為了想看看這自說「為了吃飯問題，不得不去做工」的工人作者的見聞，到底看下去了。雖然中間遇到好像講解統計表一般的地方，在我自己，未免覺得枯燥，但好在並不多，到底也看下去了。

那原因，就在作者彷彿對朋友談天似的，不用美麗的字眼，不用巧妙的做法，平鋪直敘，說了下去，作者是平常的人，文章是平常的文章，所見所聞的蘇聯，是平平常常的地方，那人民，是平平常常的人物，所設施的正是合於人情，生活也不過像了人樣，並沒有什麼希奇古怪。倘要從中獵豔搜奇，自然免不了會失望，然而要知道一些不搽粉墨的真相，卻是很好的。

而且由此也可以明白一點，世界上的資本主義文明國之定要進攻蘇聯的原因。工農都像了人樣，於資本家和地主是極不利的，所以一定先要殲滅了這工農大眾的模範。蘇聯愈平常，他們就愈害怕。前五六年，北京盛傳廣東的裸體遊行，後來南京上海又盛傳漢口的裸體遊行，就是但願敵方的不平常的證據。

據這書裡面的記述，蘇聯實在使他們失望了。為什麼呢？因為不但共妻，殺父，裸體遊行等類的「不平常的事」，確然沒有而已，倒是有了許多極平常的事實，那就是將「宗教，家庭，財產，祖國，禮教……一切神聖不可侵犯」的東西，都像糞一般拋掉，而一個簇新的，真正空前的社會制度從地獄底裡湧現而出，幾萬萬的群眾自己做了支配自己命運的人。這種極平常的事情，是只有「匪徒」才幹得出來的。該殺者，「匪徒」也。

但作者到蘇聯，已在十月革命後十年，所以只將他們之「能堅苦，耐勞，勇敢與犧牲」告訴我們，而怎樣苦鬥，才能夠得到現在的結果，那些故事卻講得很少。這自然是別種著作的任務，不能責成作者全都負擔起來，但讀者是萬不可忽略這一點的，否則，就如印度的《譬喻經》[4]所說，要造高樓，而反對在地上立柱，據說是因為他要造的，是離地的高樓一樣。

我不加戒備的將這讀完了，即因為上文所說的原因。而我相信這書所說的蘇聯的好處的，也還有一個原因，那就是十來年前，說過蘇聯怎麼不行怎麼無望的所謂文明國人，去年已在蘇聯的煤油和麥子面前發抖。而且我看見確鑿的事實：他們是在吸中國的膏血，奪中國的土地，殺中國的人民。他們是大騙子，他們說蘇聯壞，要進攻蘇聯，就可見蘇聯是好的了。這一部書，正也轉過來是我的意見的實證。

一九三二年四月二十日，魯迅於上海閘北寓樓記。

【注釋】

1 本篇最初發表於一九三二年六月十日上海《文學月報》第一卷第一號「書評」，題為《「蘇聯聞見錄」序》。
林克多，原名李平，浙江黃岩人，五金工人。原在巴黎做工，一九二九年因法國經濟危機失業，一九三〇年應募到蘇聯做工。
《蘇聯聞見錄》，一九三二年十一月上海光華書局出版。

2 指南京、洛陽和西安。當時國民黨政府以南京為首都，一二八戰爭時，又曾定洛陽為行都，西安為陪都。南北兩京，指南京和北京。

3　胡愈之，浙江上虞人，作家、政論家。他的《莫斯科印象記》，一九三一年八月上海新生命書局出版。

4　即《百句譬喻經》，簡稱《百喻經》。印度僧伽斯那撰，南朝齊求那毗地譯，是佛教宣講大乘教義的寓言性作品。這裡所引的故事見該書的《三重樓喻》：

「往昔之世，有富愚人，癡無所知。到餘富家，見三重樓，高廣嚴麗，軒敞疏朗。心生渴仰，即作是念：我有財錢，不減於彼，云何頃來而不造作如是之樓。即喚木匠而問言曰：解作彼家端正舍不？木匠答言：是我所作。即便語言，今可為我造樓如彼。是時木匠，即便經地壘墼作樓，愚人見其壘墼作舍，猶懷疑惑，不能了知。而問之言：欲作何等。木匠答言：作三重屋。愚人復言：我不欲下二重之屋，先可為我作最上屋。木匠答言：無有是事。何有不作最下重屋，而得造彼第一之屋；不造第二，云何得造第三重屋。愚人固言：我今不用下二重屋，必可為我作最上者。時人聞已，便生怪笑。咸作此言：何有不造下第一屋而得上者。」

我們不再受騙了[1]

帝國主義是一定要進攻蘇聯的。蘇聯愈弄得好，它們愈急於要進攻，因為它們愈要趨於滅亡。

我們被帝國主義及其侍從們真是騙得長久了。十月革命之後，它們總是說蘇聯怎麼窮下去，怎麼凶惡，怎麼破壞文化。但現在的事實怎樣？小麥和煤油的輸出，不是使世界吃驚了麼？正面之敵的實業黨[2]的首領，不是也只判了十年的監禁麼？列寧格勒，莫斯科的圖書館和博物館，不是都沒有被炸掉麼？文學家如綏拉菲摩維支，法捷耶夫，革拉特珂夫，綏甫林娜，唆羅訶夫[3]等，不是西歐東亞，無不讚美他們的作品麼？

關於藝術的事我不大知道，但據烏曼斯基（K.Umansky）[4]說，一九一九年中，在莫斯科的展覽會就有二十次，列寧格勒兩次（《Neue Kunst in Russland》），則現在的旺盛，更是可想而知了。

然而謠言家是極無恥而且巧妙的，一到事實證明了他的話是撒謊時，他就躲下，另外又來一批。

新近我看見一本小冊子，是說美國的財政有復興的希望的，序上說，蘇聯的購領物品，必須排成長串，現在也無異於從前，彷彿他很為排成長串的人們抱不平，發慈悲一樣。

這一事，我是相信的，因為蘇聯內是正在建設的途中，外是受著帝國主義的壓迫，許多物品當然不能充足。但我們也聽到別國的失業者，排著長串向饑寒進行；中國的人民，在內戰，在外侮，在水災，在榨取的大羅網之下，排著長串而進向死亡去。

然而帝國主義及其奴才們，還來對我們說蘇聯怎麼不好，好像它倒願意蘇聯一下子就變成天堂，人們個個享福。現在竟這樣子，它失望了，不舒服了。——這真是惡鬼的眼淚。

一睜開眼，就露出惡鬼的本相來的，——它要去懲辦了。它一面去懲辦，一面來誑騙。正義，人道，公理之類的話，又要滿天飛舞了。但我們記得，歐洲大戰時候，飛舞過一回的，騙得我們的許多苦工，到前線去替它們死[5]，接著是在北京的中央公園裡豎了一塊無恥的，愚不可及的「公理戰勝」的牌坊[6]（但後來又改掉了）。現在怎樣？「公理」在那裡？這事還不過十六年，我們記得的。

帝國主義和我們，除了它的奴才之外，那一樣利害不和我們正相反？我們的癰疽，是它們的寶貝，那麼，它們的敵人，當然是我們的朋友了。它們自身正在崩潰下去，無法支持，為挽救自己的末運，便憎惡蘇聯的向上。謠諑，詛咒，怨恨，無所不至，沒有效，終於只得準備動手去打了，一定要滅掉它才睡得著。但我們幹什麼呢？我們還會再被騙麼？

「蘇聯是無產階級專政的，智識階級就要餓死。」——一位有名的記者曾經這樣警告我。是的，這倒恐怕要使我也有些睡不著了。但無產階級專政，不是為了將來的無階級社會麼？只要你不去謀害它，自然成功就早，階級的消滅也就早，那時就誰也不會「餓死」了。不消說，排長串是一時難免的，但到底會快起來。

帝國主義的奴才們要去打，自己（！）跟著它的主人去打去就是。我們人民和它們是利害完全相反的。我們反對進攻蘇聯。我們倒要打倒進攻蘇聯的惡鬼，無論它說著怎樣甜膩的話頭，裝著怎樣公正的面孔。

這才也是我們自己的生路！

五月六日。

【注釋】

1 本篇最初發表於一九三二年五月二十日上海《北斗》第二卷第二期。

2 蘇聯在一九三〇年破獲的反革命集團。它的主要分子受法國帝國主義的指使，混入蘇聯國家企業機關，破壞社會主義經濟建設。該案破獲後，其首領拉姆仁等被分別判處徒刑。

3 綏拉菲摩維支（Алекса́ндр Серафимо́вич Попо́в，一八六三—一九四九），蘇聯作家，著有長篇小說《鐵流》等。
法捷耶夫（Алекса́ндр Алекса́ндрович Фаде́ев，一九〇一—一九五六），蘇聯作家，著有長篇小說《毀滅》等。
革拉特珂夫（Gelatekefu，一八八三—一九五八），蘇聯作家，著有長篇小說《士敏土》（現譯《水泥》）等。
綏甫林娜（Lidia Seifullina，一八八九—一九五四），通譯謝芙琳娜，蘇聯女作家，著有短篇小說《肥料》、《維麗尼雅》等。
唆羅訶夫（M. A. Sholokhov，一九〇五—一九八四），通譯蕭洛霍夫，蘇聯小說家，著有長篇小說《靜靜的頓河》等。

4 當時蘇聯人民外交委員會的新聞司司長。《俄國的新藝術》是他所著的一本書。

5 在第一次世界大戰中，北洋政府於一九一七年八月十四日宣布對德作戰，隨後，英法兩國先後招募華工十五萬名去法國戰場，他們被驅使在前線從事挖戰壕及運輸等苦役，傷亡甚多。

6 第一次世界大戰結束後，英、法為首的協約國宣揚他們打敗德、奧等同盟國是「公理戰勝強權」，並立碑紀念。北洋政府也在北京中央公園（今中山公園）建立了「公理戰勝」的牌坊。

《豎琴》前記[1]

俄國的文學，從尼古拉斯二世[2]時候以來，就是「為人生」的，無論它的主意是在探究，或在解決，或者墮入神秘，淪於頹唐，而其主流還是一個：為人生。

這一種思想，在大約二十年前即與中國一部分的文藝紹介者合流，陀思妥夫斯基，都介涅夫，契訶夫，托爾斯泰[3]之名，漸漸出現於文字上，並且陸續翻譯了他們的一些作品，那時組織的介紹「被壓迫民族文學」的是上海的文學研究會[4]，也將他們算作為被壓迫者而呼號的作家的。

凡這些，離無產者文學本來還很遠，所以凡所紹介的作品，自然大抵是叫喚，呻吟，困窮，酸辛，至多，也不過是一點掙扎。

但已經使又一部分人很不高興了，就招來了兩標軍馬的圍剿。創造社[5]豎起了「為藝術的藝術」的大旗，喊著「自我表現」的口號，要用波斯詩人的酒杯，「黃書」文士的手杖[6]，將這些「庸俗」打平。

還有一標是那些受過了英國的小說在供紳士淑女的欣賞，美國的小說家在迎合讀者的心思這些「文藝理論」的洗禮而回來的，一聽到下層社會的叫喚和呻吟，就使他們眉頭百結，揚起了帶著白手套的纖手，揮斥道：這些下流都從「藝術之宮」裡滾出去！

而且中國原來還有著一標布滿全國的舊式的軍馬，這就是以小說為「閒書」的人們。小說，是供「看官」們茶餘酒後的消遣之用的，所以要優雅，超逸，萬不可使讀者不歡，打斷他消閒的雅興。此說雖古，但卻與英美時行的小說論合流，於是這三標新舊的大軍，就不約而同的來痛剿了「為人生的文學」——俄國文學。

然而還是有著不少共鳴的人們，所以它在中國仍然是宛轉曲折的生長著。

但它在本土，卻突然凋零下去了。在這以前，原有許多作者企望著轉變的，而十月革命的到來，卻給了他們一個意外的莫大的打擊。於是有梅壘什珂夫斯基夫婦（D.S.Merezhikovski iZ.N.Hippius，庫普林（A.I.Kuprin），蒲寧（I.A.Bunin）安特來夫（L.N.Andreev）之流的逃亡[7]，阿爾志跋綏夫（M.P.Artzybashev），梭羅古勃（Fiodor Sologub）之流的沉默[8]，舊作家的還在活動者，只剩了勃留梭夫（Valeri Briusov），惠壘賽耶夫（V.Veresaiev），戈理基（Maxim Gorki），瑪亞珂夫斯基（V.V.Mayakovski）這幾個人，到後來，還回來了一個亞歷舍・托爾斯泰（Aleksei N.Tolstoi[9]。此外也沒有什麼顯著的新起的人物，在國內戰爭和列強封鎖中的文苑，是只見萎謝和荒涼了。

至一九二〇年頃，新經濟政策[10]實行了，造紙，印刷，出版等項事業的勃興，也幫助了文藝的復活，這時的最重要的樞紐，是一個文學團體「綏拉比翁的兄弟們」（Serapionsbrü-der）[11]。

這一派的出現，表面上是始於二一年二月一日，在列寧格拉「藝術府」裡的第一回集會的，加盟者大抵是年輕的文人，那立場是在一切立場的否定。

淑雪兼珂[12]說過：「從黨人的觀點看起來，我是沒有宗旨的人物。這不很好麼？自己說起自己來，則我既不是共產主義者，也不是社會革命黨員，也不是帝制主義者。我只是一個俄國人，而且對於政治，是沒有操持的。大概和我最相近的，是布爾塞維克，和他們一同布爾塞維克化，我是贊成的。……但我愛農民的俄國。」這就很明白的說出了他們的立場。

但在那時，這一個文學團體的出現，卻確是一種驚異，不久就幾乎席捲了全國的文壇。在蘇聯中，這樣的非蘇維埃的文學的勃興，是很足以令人奇怪的。然而理由很簡單：當時的革命者，正忙於實行，惟有這些青年文人發表了較為優秀的作品者其一；他們雖非革命者，而身歷了鐵和火的試鍊，所以凡所描寫的恐怖和戰慄，興奮和感激，易得讀者的共鳴者其二；其三，則當時指揮文學界的瓦浪斯基[13]，是很給他們支持的。

託羅茨基[14]也是支持者之一，稱之為「同路人」。同路人者，謂因革命中所含有的英雄主義而接受革命，一同前行，但並無徹底為革命而鬥爭，雖死不惜的信念，僅是一時同道的伴侶罷了。這名稱，由那時一直使用到現在。

然而，單說是「愛文學」而沒有明確的觀念形態的徽幟的「綏拉比翁的兄弟們」，也終於逐漸失掉了作為團體的存在的意義，始於渙散，繼以消亡，後來就和別的同路人們一樣，各各由他個人的才力，受著文學上的評價了。

在四五年以前，中國又曾盛大的紹介了蘇聯文學，然而就是這同路人的作品居多。這也是無足異的。一者，此種文學的興起較為在先，頗為西歐及日本所賞讚和介紹，給中國也得了不少轉譯的機緣；二者，恐怕也還是這種沒有立場的立場，反而易得介紹者的賞識之故了，雖然他自以為是「革命文學者」。

我向來是想介紹東歐文學的一個人，也曾譯過幾篇同路人作品，現在就合了十個人的短篇為一集，其中的三篇，是別人的翻譯，我相信為很可靠的。可惜的是限於篇幅，不能將有名的作家全都收羅在內，使這本書較為完善，但我相信曹靖華君的《煙袋》和《四十一》[15]，是可以補這缺陷的。

至於各個作者的略傳，和各篇作品的翻譯或重譯的來源，都寫在卷末的《後記》裡，讀者倘有興致，自去翻檢就是了。

一九三二年九月九日，魯迅記於上海。

【注釋】

1 本篇最初印入一九三三年一月上海良友圖書公司出版的《豎琴》。《豎琴》，魯迅翻譯和編輯的蘇聯短篇小說集，共收十篇：M．扎彌亞丁《洞窟》、M．淑雪兼珂《老耗子》（柔石譯）、L．倫支《在沙漠上》、K．斐定《果樹園》、A．雅各武萊夫《窮苦的人們》、V．理定《豎琴》、E．左祝黎《亞克與人性》、B．拉甫列涅夫《星花》（曹靖華譯）、V．英倍爾《拉拉的利益》、V．凱泰耶夫《「物事」》（柔石譯）。

2 尼古拉斯二世（一八六八—一九一八），通譯尼古拉二世，俄國最後的一個皇帝，一八九四年即位，一九一七年二月革命後被捕，十月革命後被槍決。

3 陀思妥夫斯基（Фёдор Михайлович Достоевский，一八二一—一八八一），通譯杜斯妥耶夫斯基，俄國作家，著有中長篇小說《窮人》、《被侮辱與被損害的》、《罪與罰》等。

都介涅夫（Ива́н Серге́евич Турге́нев，一八一八—一八八三），通譯屠格涅夫，俄國作家，著有長篇小說《獵人筆記》、《羅亭》、《父與子》等。

契訶夫（Anton P. Chekhov，一八六〇—一九〇四），俄國作家，著有大量短篇小說以及劇本《海鷗》、《櫻桃園》等。

托爾斯泰（Л.Н.Толстой，一八二八—一九一〇），俄國作家，著有長篇小說《戰爭與和平》、《安娜．卡列尼娜》、《復活》等。

4 著名的文學團體。一九二一年一月成立於北京。由沈雁冰、鄭振鐸、葉紹鈞等人發起，主張「為人生的藝術」，提倡現實主義的為改造社會服務的新文學，反對把文學當作遊戲或消遣的態度。同時努力介紹俄國和東歐、北歐及其他「弱小民族」的文學作品。該社當時的活動，對於中國新文學運動，曾起了很大的推動作用。出版有《小說月報》、《文學旬刊》和《文學研究會叢書》多種。

5 著名的文學團體。一九二〇年至一九二一年間成立，主要成員有郭沫若、郁達夫、成仿吾等。它初期的文學傾向是浪漫主義，帶有反帝反封建的色彩；但也受唯美主義的影響，強調「藝術家的目的只在乎如何能真摯地表現出自己的感情」，「藝術的本身上是無所謂目的」。後來他們倡導「革命文學」運動，對這種錯誤的觀點進行了自我批評。一九二九年二月封閉。它曾先後編輯出版《創造季刊》、《創造週報》、《創造日》、《洪水》、《創造月刊》、《文化批判》和《創造社叢書》等。

6 指莪默．伽尼謨（Omar Khayyám，一〇四八—一一三一）。郭沫若在一九二四年曾翻譯了他的詩《魯拜集》（Rubaiyat）。他在詩裡常歌唱飲酒。

「黃書」文士，指英國十九世紀末聚集在「黃書」（The Yellow Book）雜誌周圍的一些作家、藝術家，包括畫家畢亞玆萊、詩人歐內斯特．道森、約翰．戴維森、小説家休伯特．克拉坎索普等。郁達夫在《創造周報》第二十、二十一期（一九二三年九月）曾經介紹過他們的生平和作品。

7 梅壘什珂夫斯基（一八六六—一九四一）通譯梅列日科夫斯基，俄國作家，象徵主義者和神秘主義者；其妻吉皮烏斯（一八六九—一九四五），俄國象徵主義女詩人，頹廢派代表，他們於一九二〇年逃亡法國。

庫普林（一八七〇—一九三八），俄國作家，十月革命後逃亡法國，後於一九三七年回到蘇聯。

蒲寧（一八七〇—一九五三），俄國作家，十月革命後逃亡法國。

安特來夫（一八七一—一九一九），即安德列夫，俄國作家，十月革命後逃亡芬蘭。

8 阿爾志跋綏夫（Михайл Петро́вич Арцыба́шев，一八七八—一九二七）俄國作家，一九二三年逃亡華沙。

梭羅古勃（一八六三—一九二七），俄國作家，象徵派代表，主要作品都寫於十月革命以前。

9 勃留梭夫（一八七三—一九二四），蘇聯詩人，早期創作受象徵主義影響，一九〇五年革命前夜開始接觸現實生活，同情革命，十月革命後從事社會、文化活動。寫過一些歌頌革命的詩。

惠壘賽耶夫（一八六七—一九四五），通譯魏烈薩耶夫，十月革命後寫有長篇小説《絕路》、《姊妹》等。

戈理基（一八六八—一九三六），通譯高爾基，蘇聯無產階級作家，十月革命前，著有長篇小説《母親》等，十月革命後，積極參加社會、文化活動，又寫了長篇小説《阿爾達莫諾夫家的事業》、《克里姆．薩姆金的一生》以及大量政論文章。

瑪亞珂夫斯基（一八九三—一九三〇），通譯馬雅可夫斯基，蘇聯詩人。他的代表作長詩《列寧》、《好》都寫在十月革命之後。

亞歷舍·托爾斯泰（一八八三—一九四五），蘇聯作家，一九一九年僑居國外，一九二三年回國，以後連續發表長篇小說《彼得大帝》、《苦難的歷程》等。

10 一九二一年至一九三五年蘇聯實行的經濟政策，區別於從前實行的「戰時共產主義」政策而言。它的原則是列寧制定的，主要措施是取消餘糧收集制而實行糧食稅，發展商業，以租讓及租賃等形式發展國家資本主義。

11 通譯「謝拉皮翁兄弟」，一九二一年由倫茨、左琴科等六人組成，一九二四年自動解散。它的名稱是借用德國小說家霍夫曼的一部四卷本短篇小說集的書名。

12 淑雪兼珂（一八九五—一九五八），通譯左琴科，「謝拉皮翁兄弟」文學團體發起人之一。這裡所引他的話，見一九二二年《文學雜誌》（俄文）第三期所載《論自己及其他》一文。

13 瓦浪斯基（一八八四—一九四三），又譯沃龍斯基，蘇聯作家，文藝批評家。一九二一年至一九二七年曾主編「同路人」的雜誌《紅色處女地》。

14 託羅茨基（一八七九—一九四〇），通譯托洛茨基，早年參加過俄國革命運動，在十月革命中和蘇俄初期曾參加領導機關。一九二七年因反對蘇維埃政權被聯共（布）開除出黨，一九二九年被驅逐出國，一九四〇年死於墨西哥。

15 曹靖華，翻譯家，未名社成員。所譯《煙袋》，是蘇聯愛倫堡等的短篇小說集，一九二八年北京未名社出版。

《四十一》，即《第四十一》，蘇聯拉甫列涅夫著中篇小說，譯本於一九二九年未名社出版。

論「第三種人」[1]

這三年來，關於文藝上的論爭是沉寂的，除了在指揮刀的保護之下，掛著「左翼」的招牌，在馬克斯主義裡發見了文藝自由論，列寧主義裡找到了殺盡共匪說的論客[2]的「理論」之外，幾乎沒有人能夠開口，然而，倘是「為文藝而文藝」的文藝，卻還是「自由」的，因為他絕沒有收了盧布的嫌疑。但在「第三種人」，就是「死抱住文學不放的人」[3]，又不免有一種苦痛的預感：左翼文壇要說他是「資產階級的走狗」[4]。

代表了這一種「第三種人」來鳴不平的，是《現代》雜誌第三和第六期上的蘇汶先生的文章[5]（我在這裡先應該聲明：我為便利起見，暫且用了「代表」，「第三種人」這些字眼，雖然明知道蘇汶先生的「作家之群」，是也如拒絕「或者」，「多少」，「影響」這一類不十分決定的字眼一樣，不要固定的名稱的，因為名稱一固定，也就不自由了）。

他以為左翼的批評家，動不動就說作家是「資產階級的走狗」，甚至於將中立者認為非中立，而一非中立，便有認為「資產階級的走狗」的可能，號稱「左翼作家」者既然「左而不作」[6]，「第三種人」又要作而不敢，於是文壇上便沒有東西了。

然而文藝據說至少有一部分是超出於階級鬥爭之外的，為將來的，就是「第三種人」所抱住的真的，永久的文藝。——但可惜，被左翼理論家弄得不敢作了，因為作家在未作之前，就有了被罵的預感。

我相信這種預感是會有的，而以「第三種人」自命的作家，也愈加容易有。我也相信作者所說，現在很有懂得理論，而感情難變的作家。然而感情不變，則懂得理論的度數，就不免和感情已變或略變者有些不同，而看法也就因此兩樣。蘇汶先生的看法，由我看來，是並不正確的。

自然，自從有了左翼文壇以來，理論家曾經犯過錯誤，作家之中，也不但如蘇汶先生所說，有「左而不作」的，並且還有由左而右，甚至於化為民族主義文學的小卒，書坊的老闆，敵黨的探子的，然而這些討厭左翼文壇了的文學家所遺下的左翼文壇，卻依然存在，不但存在，還在發展，克服自己的壞處，向文藝這神聖之地進軍。蘇汶先生問過：克服了三年，還沒有克服好麼？[7]回答是：是的，還要克服下去，三十年也說不定。

然而一面克服著，一面進軍著，不會做待到克服完成，然後行進那樣的傻事的。但是，蘇汶先生說過「笑話」[8]：左翼作家在從資本家取得稿費；現在我來說一句真話，是左翼作家還在受封建的資本主義的社會的法律的壓迫，禁錮，殺戮。所以左翼刊物全被摧殘，現在非常寥寥，即偶有發表，批評作品的也絕少，而偶有批評作品的，也並未動不動便指作家為「資產階級的走狗」，而且不要「同路人」。左翼作家並不是從天上掉下來的神兵，或國外殺進來的仇敵，他不但要那同走幾步的「同路人」，還要招致那站在路旁看看的看客也一同前進。

但現在要問：左翼文壇現在因為受著壓迫，不能發表很多的批評，倘一旦有了發表的可能，不至於動不動就指「第三種人」為「資產階級的走狗」麼？我想，倘若左翼批評家沒有宣誓不說，又只從壞處著想，那是有這可能的，也可以想得比這還要壞。不過我以為這種預測，實在和想到地球也許有破裂之一日，而先行自殺一樣，大可以不必的。

然而蘇汶先生的「第三種人」，卻據說是為了這未來的恐怖而「擱筆」了。未曾身歷，僅僅因為心造的幻影而擱筆，「死抱住文學不放」的作者的擁抱力，又何其弱呢？兩個愛人，有因為預防將來的社會上的斥責而不敢擁抱的麼？

其實，這「第三種人」的「擱筆」，原因並不在左翼批評的嚴酷。真實原因的所在，是在做不成這樣的「第三種人」，做不成這樣的人，也就沒有了第三種筆，擱與不擱，還談不到。

生在有階級的社會裡而要做超階級的作家，生在戰鬥的時代而要離開戰鬥而獨立，生在現在而要做給與將來的作品，這樣的人，實在也是一個心造的幻影，在現實世界上是沒有的。要做這樣的人，恰如用自己的手拔著頭髮，要離開地球一樣，他離不開，焦躁著，然而並非因為有人搖了搖頭，使他不敢拔了的緣故。

所以雖是「第三種人」，卻還是一定超不出階級的，蘇汶先生就先在預料階級的批評了，作品裡又豈能擺脫階級的利害；也一定離不開戰鬥的，蘇汶先生就先以「第三種人」之名提出抗爭了，雖然「抗爭」之名又為作者所不願受；而且也跳不過現在的，他在創作超階級的，為將來的作品之前，先就留心於左翼的批判了。

這確是一種苦境。但這苦境，是因為幻影不能成為實有而來的。即使沒有左翼文壇作梗，也不會有這「第三種人」，何況作品。但蘇汶先生卻又心造了一個橫暴的左翼文壇的幻影，將「第三種人」的幻影不能出現，以至將來的文藝不能發生的罪孽，都推給它了。

左翼作家誠然是不高超的，連環圖畫，唱本，然而也不到蘇汶先生所斷定那樣的沒出息[9]。左翼也要托爾斯泰，弗羅培爾[10]。但不要「努力去創造一些屬於將來（因為他們現在是不要的）的東西」的托爾斯泰和弗羅培爾。他們兩個，都是為現在而寫的，將來是現在的將來，於現在有意義，才於將來會有意義。尤其是托爾斯泰，他寫些小故事給農民看，也不自命為「第三種人」，當時資產階級的多少攻擊，終於不能使他「擱筆」。

左翼雖然誠如蘇汶先生所說，不至於蠢到不知道「連環圖畫是產生不出托爾斯泰，產生不出弗羅培爾來」，但卻以為可以產出密開朗該羅，達文希[11]那樣偉大的畫手。而且我相信，從唱本說書裡是可以產生托爾斯泰，弗羅培爾的。現在提起密開朗該羅們的畫來，誰也沒有非議了，但實際上，那不是宗教的宣傳畫，《舊約》[12]的連環圖畫麼？而且是為了那時的「現在」的。

總括起來說，蘇汶先生是主張「第三種人」與其欺騙，與其做冒牌貨，倒還不如努力去創作，這是極不錯的。

「定要有自信的勇氣，才會有工作的勇氣！」[13]這尤其是對的。

然而蘇汶先生又說，許多大大小小的「第三種人」們，卻又因為預感了不祥之兆——左翼理論家的批評而「擱筆」了！「怎麼辦呢」？

十月十日。

【注釋】

1 本篇最初發表於一九三二年十一月一日上海《現代》第二卷第一期。

一九三一年十二月，胡秋原在他所主持的《文化評論》創刊號發表了《阿狗文藝論》一文，他自稱「自由人」，一方面批評「民族主義文學」，一方面則對當時「左聯」所領導的革命文學運動進行攻擊，認為「將藝術墮落到一種政治的留聲機，那是藝術的叛徒」。其後，他又連續發表了《勿侵略文藝》、《錢杏村理論之清算》二文，誹謗當時的革命文學運動，因此受到「左聯」的反擊。

洛陽（馮雪峰）在《文藝新聞》第五十八期（一九三二年六月六日）上發表了《致文藝新聞的

信》，指出胡秋原的目的「是進攻整個普羅革命文學運動」，揭露了胡秋原在「自由人」假面具掩蓋下的反動實質。由此蘇汶（即杜衡）就在《現代》第一卷第三期（一九三二年七月）發表了《關於「文新」與胡秋原的文藝論辯》一文，自稱「第三種人」，認為當時許多作家（即他所說的「作家之群」）之所以「擱筆」，是因為「左聯」批評家的「兇暴」，和「左聯」「霸佔」了文壇的緣故；並在文中對人民的革命鬥爭進行歪曲和誹謗。於是「左聯」也就繼續對胡秋原、蘇汶等加以反擊和批判。本篇及瞿秋白所作《文藝的自由和文學家的不自由》（一九三二年十月《現代》第一卷第六期）就是在這情形下發表的。

2 這裡所說的論客，指胡秋原和某些托洛茨基派分子。

3 這是蘇汶在《關於「文新」與胡秋原的文藝論辯》中的話：「在『智識階級的自由人』和『不自由的，有黨派的』階級爭著文壇的霸權的時候，最吃苦的，卻是這兩種人之外的第三種人。這第三種人便是所謂作者之群。作者，老實說，是多少帶點我前面所說起的死抱住文學不肯放手的氣味的。」

4 這是蘇汶在《關於「文新」與胡秋原的文藝論辯》一文中所說的話：「誠哉，難乎其為作家！……他只想替文學，不管是煽動的也好，暴露的也好，留著一線殘存的生機，但是又怕被料事如神的指導者們算出命來，派定他是那一階級的走狗。」

5 蘇汶（一九〇六—一九六四），又名杜衡，原名戴克崇，浙江杭縣人，當時《現代》月刊的編輯。這裡所說蘇汶的文章，即上述《關於「文新」與胡秋原的文藝論辯》和《現代》第六期（一九三二年十月）所載《「第三種人」的出路》。

6 見蘇汶《「第三種人」的出路》：「不勇於欺騙的作家，既不敢拿出他們所有的東西，而別人所要的卻又拿不出，於是怎麼辦？——擱筆。這擱筆不是什麼『江郎才盡』，而是不敢動筆。因為做了忠實的左翼作家之後，他便會覺得與其作而不左，倒還不如左而不作。而在今日之下，左而不作的左翼作家，何其多也！」

7 這些話也見《「第三種人」的出路》：「中國無產階級文學運動已經有了三年的歷史。在這三年的期間內，理論是明顯地進步了，但是作品呢？不但在量上不見其增多，甚至連質都未見得有多大的進展。固然有人高唱著克服什麼什麼的根性和偏見。但是克服了三年還沒有克服好嗎？」

8 蘇汶說過「笑話」，也見《「第三種人」的出路》：「容我說句笑話，連在中國這樣野蠻的國家，左翼諸公都還可以拿他們的反資本主義的作品去從資本家手裡換出幾個稿費來呢。」

9 蘇汶在《關於「文新」與胡秋原的文藝論辯》中說：「譬如拿他們（按指「左聯」）所提倡的文藝大眾化這問題來說吧。他們鑒於現在勞動者沒有東西看，在那裡看陳舊的充滿了封建氣味的（這就是說，有害的）連環圖畫和唱本。於是他們便要作家們去寫一些有利的連環圖畫和唱本來給勞動者們看。……這樣低級的形式還生產得出好的作品嗎？確實，連環圖畫裡是產生不出托爾斯泰，產生不出弗羅培爾來的。這一點難道左翼理論家們會不知道？他們斷然不會那麼蠢。但是，他們要弗羅培爾什麼用呢？要托爾斯泰什麼用呢？他們不但根本不會叫作家去做成弗羅培爾或托爾斯泰，就是有了，他們也是不要，至少他們『目前』已是不要。而且這不要是對的，辯證的。也許將來，也許將來他們會原諒，不過此是後話。」

10 指列夫．托爾斯泰。他曾特別關注俄國農民的悲慘處境和命運，編寫了大量以農民為主要讀者對象的民間故事、傳說和寓言。這類作品，鼓吹了宗教道德，同時也揭露了沙皇統治的罪惡，因而有些遭到了當局的刪改和查禁。

弗羅培爾（Gustave Flaubert，一八二一—一八八〇），通譯福婁拜，法國小說家，著有長篇小說《包法利夫人》、《情感教育》等。

11 密開朗該羅（Michelangelo，一四七五—一五六四），通譯米開朗基羅，文藝復興時期的義大利雕刻家、畫家。繪畫代表作有《創世記》和《最後的審判》等。

達文希（Leonardo di ser Piero da Vinci，一四五二—一五一九），通譯達．芬奇，文藝復興時期的義大利畫家。代表作有《蒙娜．麗莎》和《最後的晚餐》等。

12 即《舊約全書》，基督教《聖經》的前部分（後部分為《新約全書》）。

13 這句話和末句的「怎麼辦呢」，均見《「第三種人」的出路》。

「連環圖畫」辯護[1]

我自己曾經有過這樣一個小小的經驗。有一天，在一處筵席上，我隨便的說：用活動電影來教學生，一定比教員的講義好，將來恐怕要變成這樣的。話還沒有說完，就埋葬在一陣哄笑裡了。

自然，這話裡，是埋伏著許多問題的，例如，首先第一，是用的是怎樣的電影，倘用美國式的發財結婚故事的影片，那當然不行。但在我自己，卻的確另外聽過採用影片的細菌學講義，見過全部照相，只有幾句說明的植物學書。所以我深信不但生物學，就是歷史地理，也可以這樣辦。

然而許多人的隨便的哄笑，是一枝白粉筆，它能夠將粉塗在對手的鼻子上，使他的話好像小丑的打諢。

前幾天，我在《現代》上看見蘇汶先生的文章，他以中立的文藝論者的立場，將「連環圖畫」一筆抹殺了。自然，那不過是隨便提起的，並非討論繪畫的專門文字，然而在青年藝術學徒的心中，也許是一個重要的問題，所以我再來說幾句。

我們看慣了繪畫史的插圖上，沒有「連環圖畫」，名人的作品的展覽會上，不是「羅馬夕照」，就是「西湖晚涼」，便以為那是一種下等物事，不足以登「大雅之堂」的。但若走進義大利的教皇宮[2]——我沒有遊歷義大利的幸福，所走進的自然只是紙上的教皇宮——去，就能看見凡有偉大的壁畫，幾乎都是《舊約》，《耶穌傳》，《聖者傳》的連環圖畫，藝術史家截取其中的一段，印在書上，題之曰《亞當的創造》[3]，《最後之晚餐》[4]，讀者就不覺得這是下等，這在宣傳了，然而那原畫，卻明明是宣傳的連環圖畫。

在東方也一樣。印度的阿強陀石窟[5]，經英國人摹印了壁畫以後，在藝術史上發光了；中國的《孔子聖跡圖》[6]，只要是明版的，也早為收藏家所寶重。這兩樣，一是佛陀的本生[7]，一是孔子的事跡，明明是連環圖畫，而且是宣傳。

書籍的插畫，原意是在裝飾書籍，增加讀者的興趣的，但那力量，能補助文字之所不及，所以也是一種宣傳畫。這種畫的幅數極多的時候，即能只靠圖像，悟到文字的內容，和文字一分開，也就成了獨立的連環圖畫。

最顯著的例子是法國的陀萊（Gustave Dore）[8]，他是插圖版畫的名家，最有名的是《神曲》，《失樂園》，《吉訶德先生》，還有《十字軍記》的插畫，德國都有單印本（前二種在日本也有印本），只靠略解，即可以知道本書的梗概。然而有誰說陀萊不是藝術家呢？

宋人的《唐風圖》和《耕織圖》[9]，現在還可找到印本和石刻；至於仇英[10]的《飛燕外傳圖》和《會真記圖》，則翻印本就在文明書局發賣的。凡這些，也都是當時和現在的藝術品。

自十九世紀後半以來，版畫復興了，許多作家，往往喜歡刻印一些以幾幅畫匯成一帖的「連作」（Blattfolge）。這些連作，也有並非一個事件的。

現在為青年的藝術學徒計，我想寫出幾個版畫史上已經有了地位的作家和有連續事實的作品在下面：

首先應該舉出來的是德國的珂勒惠支（Käthe Kollwitz）夫人。[11]她除了為霍普德曼的《織匠》（Die Weber）而刻的六幅版畫外，還有三種，有題目，無說明——

一、《農民鬥爭》（Bauernkrieg），金屬版七幅；

二，《戰爭》（Der Krieg），木刻七幅；

三，《無產者》（Proletariat），木刻三幅。

以《士敏土》的版畫，為中國所知道的梅斐爾德（Car Meffert）[12]，是一個新進的青年作家，他曾為德譯本斐格納爾的《獵俄皇記》（Die Jagdnach Zaren von Wera Figner 刻過五幅木版圖，又有兩種連作——

一，《你的姊妹》（Deine Schwester），木刻七幅，題詩一幅；

二，《養護的門徒》（原名未詳），木刻十三幅。

比國有一個麥綏萊勒（Frans Masereel）[13]，是歐洲大戰時候，像羅曼羅蘭[14]一樣，因為非戰而逃出過外國的。他的作品最多，都是一本書，只有書名，連小題目也沒有。現在德國印出了普及版（Bei Kurt Wolff ,Munchen），每本三馬克半，容易到手了。我所見過的是這幾種——

一，《理想》（Die Idee），木刻八十三幅；

二，《我的禱告》（Mein Stundenbuch），木刻一百六十五幅；

三，《沒字的故事》（Geschichte one Worte），木刻六十幅；

四，《太陽》（Die Sonne），木刻六十三幅；

五，《工作》（Das Werk），木刻，幅數失記；

六，《一個人的受難》（Die Passion eined Menschen），木刻二十五幅。

美國作家的作品，我曾見過希該爾[15]木刻的《巴黎公社》（The Paris Commune,A Story In Pictures by William Siegel）是紐約的約翰李特社（John Reed Club）出版的。還有一本石版的格羅沛爾（W.Gropper）[16]所畫的書，據趙景深[17]教授說，是「馬戲的故事」，另譯起來，恐怕要「信而不順」，只好將原名照抄在下面——

《Alay Oop》（Life and Love Among the Acrobats.）

英國的作家我不大知道，因為那作品定價貴。但曾經有一本小書，只有十五幅木刻和不到二百字的說明，作者是有名的吉賓斯（Robert Gibbings）[18]，限印五百部，英國紳士是死也不肯重印的，現在恐怕已將絕版，每本要數十元了罷。那書是——

《第七人》（The 7th Man）。

以上，我的意思是總算舉出事實，證明了連環圖畫不但可以成為藝術，並且已經坐在「藝術之宮」的裡面了。至於這也和其他的文藝一樣，要有好的內容和技術，那是不消說得的。

我並不勸青年的藝術學徒蔑棄大幅的油畫或水彩畫，但是希望一樣看重並且努力於連環圖畫和書報的插圖；自然應該研究歐洲名家的作品，但也更注意於中國舊書上的繡像和畫本，以及新的單張的花紙。這些研究和由此而來的創作，自然沒有現在的所謂大作家的受著有些人們的照例的嘆賞，然而我敢相信：對於這，大眾是要看的，大眾是感激的！

十月二十五日。

【注釋】

1 本篇最初發表於一九三二年十一月十五日《文學月報》第四號。

2 位於梵蒂岡，宮內保存著歐洲文藝復興時期許多重要文物和繪畫、雕塑等。

3 根據《舊約．創世記》中上帝造人的故事所作的繪畫。亞當，上帝用泥土所造的男人。歐洲有不少以此為題的繪畫，其中著名的有米開朗基羅於一五〇八年至一五一二年間所作的西斯庭禮拜堂拱頂壁畫的一部分。

4 根據《新約．馬太福音》所作的繪畫，描寫耶穌殉難前與十二門徒共進晚餐時，當眾宣布一門徒出賣自己而引起群情激動的情景。歐洲有不少以此為題的繪畫，其中著名的有達．芬奇於一四九五年至一四九七年間所作的米蘭聖瑪利亞．格拉契教堂中的壁畫。

5 阿強陀石窟（Ajanta Cave Temple）今譯阿旃陀石窟，位於印度德干高原文達雅山，原是在馬蹄形的壁面上鑿成的僧房，約從西元前一、二世紀開鑿，到西元六、七世紀建成，共二十九洞。洞內保存印度壁畫很多，也較完整。壁畫的內容大多表現佛的生平故事和印度古代人民與宮廷生活的情景，為印度古代藝術的著名寶藏之一。

6 一部關於孔丘生平事跡的連環圖畫，明代有木刻、石刻多種。木刻現存最早的有明初刻本，共三十六圖，以後又有明萬曆年間刻本一一二幅（呂兆祥編）。石刻有曲阜孔廟保存的明萬曆年間的一二〇幅。

7 佛陀，梵語 Buddha 的音譯，意為「智者」、「覺者」，簡稱佛。這裡指佛教創立者釋迦牟尼。本生，梵語 jātaka（闍陀伽）的意譯，「十二部經」之一，是佛敍說自己過去因緣的經文。

8 陀萊（一八三三—一八八三），法國版畫家。他作插圖的《神曲》為義大利詩人但丁（一二六五—一三二一）的長詩；《失樂園》為英國詩人彌爾頓（一六〇八—一六七四）的長詩；《吉訶德先生》，通譯《唐吉訶德》，西班牙作家塞萬提斯（一五四七—一六一六）的長篇小說。《十字軍記》，陀萊編繪的連環圖畫，共一百幅。

9 南宋馬和之所繪的《詩經》圖卷之一。《耕織圖》，描繪耕種、紡織生產過程的圖畫。南宋劉松年畫過《耕織圖》兩卷，樓璹畫過《耕圖》二十一幅，《織圖》二十四幅。

10 仇英（約一四九四—一五五二），字實父，號十洲，江蘇太倉人，明代畫家。他為之繪圖的《飛燕外傳》，傳奇小說，題漢代伶玄撰，寫趙飛燕姊妹的宮廷生活；《會真記》，傳奇小說，唐代元稹作，寫崔鶯鶯與張生的戀愛故事。

11 珂勒惠支夫人（一八六七—一九四五），德國版畫家。一九三六年，魯迅曾用「三閒書屋」名義編選出版了《凱綏·珂勒惠支版畫選集》。她作插圖的《織匠》，是德國作家霍普特曼寫的以紡織工人罷工為題材的劇本。

12 現代德國版畫家。一九三〇年，魯迅曾用「三閒書屋」名義編印出版了《梅斐爾德木刻〈士敏土〉之圖》。他作插圖的《獵俄皇記》，俄國民粹派女革命家斐格納爾（一八五二－一九四二）寫的回憶錄，記述一八八一年三月民粹派行刺沙皇亞歷山大二世的故事。

13 比利時版畫家。參看本書《〈一個人的受難〉序》及其注4。

14 羅曼·羅蘭（Romain Rolland，一八六六－一九四四），法國作家、社會活動家。著有長篇小說《約翰·克利斯朵夫》及傳記《貝多芬傳》等。第一次世界大戰時他僑居瑞士，反對戰爭。

15 未詳。

16 格羅沛爾（一八九七－一九七七）猶太血統的美國畫家。

17 趙景深，四川宜賓人。當時上海復旦大學教授。他主張翻譯「譯得錯不錯是第二個問題，最要緊的是譯得順不順」。他在一九三一年二月號《小說月報》的一則「新群眾作家近訊」中，談到格羅沛爾的版畫集《Alay-Oop》時說：「格羅潑已將馬戲的圖畫的故事脫稿。」按「Alay-Oop」係象聲詞，吆喝聲，副題（即括弧中的文字）應譯為「馬戲團演員的生活和戀愛（的故事）」。魯迅在《二心集·風馬牛》一文中曾予以駁正。

18 吉賓斯（一八八九－一九五八），英國木刻家。

辱罵和恐嚇絕不是戰鬥[1]

——致《文學月報》編輯的一封信

起應[2]兄：

前天收到《文學月報》第四期，看了一下。我所覺得不足的，並非因為它不及別種雜誌的五花八門，乃是總還不能比先前充實。但這回提出了幾位新的作家來，是極好的，作品的好壞我且不論，最近幾年的刊物上，倘不是姓名曾經排印過了的作家，就很有不能登載的趨勢，這麼下去，新的作者要沒有發表作品的機會了。現在打破了這局面，雖然不過是一種月刊的一期，但究竟也掃去一些沉悶，所以我以為是一種好事情。但是，我對于芸生[3]先生的一篇詩，卻非常失望。

這詩，一目了然，是看了前一期的別德納衣的諷刺詩[4]而作的。然而我們來比一比罷，別德納衣的詩雖然自認為「惡毒」，但其中最甚的也不過是笑罵。這詩怎麼樣？有辱罵，有恐嚇，還有無聊的攻擊：其實是大可以不必作的。

例如罷，開首就是對於姓的開玩笑。[5]一個作者自取的別名，自然可以窺見他的思想，譬如「鐵血」，「病鵑」之類，固不妨由此開一點小玩笑。但姓氏籍貫卻不能決定本人的功罪，因為這是從上代傳下來的，不能由他自主。

我說這話還在四年之前，當時曾有人評我為「封建餘孽」[6]，其實是捧住了這樣的題材，欣欣然自以為得計者，倒是十分「封建的」的。不過這種風氣，近幾年頗少見了，不料現在竟又復活起來，這確不能不說是一個退步。

尤其不堪的是結末的辱罵。現在有些作品，往往並非必要而偏在對話裡寫上許多罵語去，好像以為非此便不是無產者作品，罵詈愈多，就愈是無產者作品似的。其實好的工農之中，並不隨口罵人的多得很，作者不應該將上海流氓的行為，塗在他們身上的。

即使有喜歡罵人的無產者，也只是一種壞脾氣，作者應該由文藝加以糾正，萬不可再來展開，使將來的無階級社會中，一言不合，便祖宗三代的鬧得不可開交。況且即是筆戰，就也如別的兵戰或拳鬥一樣，不妨伺隙乘虛，以一擊制敵人的死命，如果一味鼓噪，已是《三國志演義》式戰法，至於罵一句爹娘，揚長而去，還自以為勝利，那簡直是「阿Q」式的戰法了。

接著又是什麼「剖西瓜」[7]之類的恐嚇，這也是極不對的，我想。無產者的革命，乃是為了自己的解放和消滅階級，並非因為要殺人，即使是正面的敵人，倘不死於戰場，就有大眾的裁判，絕不是一個詩人所能提筆判定生死的。現在雖然很有什麼「殺人放火」的傳聞，但這只是一種誣陷。

中國的報紙上看不出實話，然而只要一看別國的例子也就可以恍然，德國的無產階級革命[8]（雖然沒有成功），並沒有亂殺人；俄國不是連皇帝的宮殿都沒有燒掉麼？而我們的作者，卻將革命的工農用筆塗成一個嚇人的鬼臉，由我看來，真是鹵莽之極了。

自然，中國歷來的文壇上，常見的是誣陷，造謠，恐嚇，辱罵，翻一翻大部的歷史，就往往可以遇見這樣的文章，直到現在，還在應用，而且更加厲害。但我想，這一份遺產，還是都讓給叭兒狗文藝家去承受罷，我們的作者倘不竭力的拋棄了它，是會和他們成為「一丘之貉」的。

不過我並非主張要對敵人陪笑臉，三鞠躬。我只是說，戰鬥的作者應該注重於「論爭」；倘在詩人，則因為情不可遏而憤怒，而笑罵，自然也無不可。但必須止於嘲笑，止於熱罵，而且要「喜笑怒罵，皆成文章」[9]，使敵人因此受傷或致死，而自己並無卑劣的行為，觀者也不以為汙穢，這才是戰鬥的作者的本領。

剛才想到了以上的一些，便寫出寄上，也許於編輯上可供參考。總之，我是極希望此後的《文學月報》上不再有那樣的作品的。

專此布達，並問

好。

魯迅。十二月十日。

【注釋】

1 本篇最初發表於一九三二年十二月十五日《文學月報》第一卷第五、六號合刊。

2 即周揚，湖南益陽人，文藝理論家，「左聯」領導成員之一。當時主編《文學月報》。

3 原名邱九如，浙江寧波人。他的詩《漢奸的供狀》，載《文學月報》第一卷第四期（一九三二年十一月），意在諷刺自稱「自由人」的胡秋原的反動言論，但是其中有魯迅在本文中所指出的嚴重缺點和錯誤。

4 別德納衣（一八八三—一九四五），通譯別德內依，蘇聯詩人。這裡說的諷刺詩，指諷刺托洛茨基的長詩《沒工夫唾罵》（瞿秋白譯，載一九三二年十月《文學月報》第一卷第三期）。

5 對於姓的開玩笑，原詩開頭是：「現在我來寫漢奸的供狀。據說他也姓胡，可不叫立夫」。按胡立夫是一九三二年「一二八」日軍侵佔上海閘北時的著名漢奸。

6 「封建餘孽」一九二八年八月，《創造月刊》第二卷第一期曾刊有署名杜荃的《文藝戰線上的封建餘孽》一文，誣蔑魯迅是「資本主義以前的一個封建餘孽」。

7 原詩中有這樣的話：「當心，你的腦袋一下就要變做剖開的西瓜！」

8 即德國十一月革命。一九一八年至一九一九年德國無產階級、農民和人民大眾在一定程度上用無產階級革命的手段和形式進行的資產階級民主革命。它推翻了霍亨索倫王朝，宣布建立社會主義共和國。隨後，在社會民主黨政府的血腥鎮壓下失敗。

9 語見宋代黃庭堅《東坡先生真贊》。喜，原作嬉。

《自選集》自序[1]

我做小說，是開手於一九一八年《新青年》[2]上提倡「文學革命」[3]的時候的。這一種運動，現在固然已經成為文學史上的陳跡了，但在那時，卻無疑地是一個革命的運動。

我的作品在《新青年》上，步調是和大家大概一致的，所以我想，這些確可以算作那時的「革命文學」。

然而我那時對於「文學革命」，其實並沒有怎樣的熱情。見過辛亥革命[4]，見過二次革命[5]，見過袁世凱稱帝[6]，張勳復辟[7]，看來看去，就看得懷疑起來，於是失望，頹唐得很了。

民族主義的文學家在今年的一種小報上說，「魯迅多疑」，是不錯的，我正在疑心這批人們也並非真的民族主義文學者，變化正未可限量呢。不過我卻又懷疑於自己的失望，因為我所見過的人們，事件，是有限得很的，這想頭，就給了我提筆的力量。

「絕望之為虛妄，正與希望相同。」[8]既不是直接對於「文學革命」的熱情，又為什麼提筆的呢？想起來，大半倒是為了對於熱情者們的同感。這些戰士，我想，雖在寂寞中，想頭是不錯的，也來喊幾聲助助威罷。

首先，就是為此。自然，在這中間，也不免夾雜些將舊社會的病根暴露出來，催人留心，設法加以療治的希望。但為達到這希望計，是必須與前驅者取同一的步調的，我於是刪削些黑暗，裝點些歡容，使作品比較的顯出若干亮色，那就是後來結集起來的《吶喊》，一共有十四篇。

這些也可以說，是「遵命文學」。不過我所遵奉的，是那時革命的前驅者的命令，也是我自己所願意遵奉的命令，絕不是皇上的聖旨，也不是金元和真的指揮刀。

後來《新青年》的團體散掉了，有的高升，有的退隱，有的前進，我又經驗了一回同一戰陣中的夥伴還是會這麼變化，並且落得一個「作家」的頭銜，依然在沙漠中走來走去，不過已經逃不出在散漫的刊物上做文字，叫作隨便談談。有了小感觸，就寫些短文，誇大點說，就是散文詩，以後印成一本，謂之《野草》。得到較整齊的材料，則還是做短篇小說，只因為成了游勇，布不成陣了，所以技術雖然比先前好一些，思路也似乎較無拘束，而戰鬥的意氣卻冷得不少。新的戰友在那裡呢？我想，這是很不好的。於是集印了這時期的十一篇作品，謂之《彷徨》，願以後不再這模樣。

「路漫漫其修遠兮，吾將上下而求索。」[9]不料這大囗竟誇得無影無蹤。逃出北京，躲進廈門，只在大樓上寫了幾則《故事新編》和十篇《朝花夕拾》。前者是神話，傳說及史實的演義，後者則只是回憶的記事罷了。此後就一無所作，「空空如也」。

可以勉強稱為創作的，在我至今只有這五種，本可以頃刻讀了的，但出版者要我自選一本集。推測起來，恐怕因為這麼一辦，一者能夠節省讀者的費用，二則，以為由作者自選，該能比別人格外明白罷。對於第一層，我沒有異議；至第二層，我卻覺得也很難。因為我向來就沒有格外用力或格外偷懶的作品，所以也沒有自以為特別高妙，配得上提拔出來的作品。

沒有法，就將材料，寫法，都有些不同，可供讀者參考的東西，取出二十二篇來，湊成了一本，但將給讀者一種「重壓之感」的作品，卻特地竭力抽掉了。這是我現在自有我的想頭的：

「並不願將自以為苦的寂寞，再來傳染給也如我那年輕時候似的正做著好夢的青年。」[10]然而這又不似做那《吶喊》時候的故意的隱瞞，因為現在我相信，現在和將來的青年是不會有這樣的心境的了。

一九三二年十二月十四日，魯迅於上海寓居記。

【注釋】

1 本篇最初印入一九三三年三月上海天馬書店出版的《魯迅自選集》。這本《自選集》內收《野草》中的七篇：〈影的告別〉、〈好的故事〉、〈過客〉、〈失掉的好地獄〉、〈這樣的戰士〉、〈聰明人和傻子和奴才〉、〈淡淡的血痕中〉；《吶喊》中的五篇：〈孔乙己〉、〈一件小事〉、〈故鄉〉、〈阿Q正傳〉、〈鴨的喜劇〉；《彷徨》中的五篇：〈在酒樓上〉、〈肥皂〉、〈示眾〉、〈傷逝〉、〈離婚〉；《故事新編》中的兩篇：〈奔月〉、〈鑄劍〉；《朝花夕拾》中的三篇：〈狗·貓·鼠〉、〈無常〉、〈范愛農〉。共計二十二篇。

2 綜合性月刊，「五四」時期倡導新文化運動，傳播馬克思主義的重要刊物。一九一五年九月創刊於上海，由陳獨秀主編。第一卷名《青年雜誌》，第二卷起改名《新青年》。一九一六年底遷至北京。一九二二年休刊，共出九卷，每卷六期。《新青年》最初的編輯是陳獨秀。在北京出版後，主要成員有李大釗、魯迅、胡適、錢玄同、劉復、吳虞等。隨著五四運動的深入發展，《新青年》團體逐漸發生分化。魯迅是這個團體中的重要撰稿人。

3 指「五四」時期反對舊文學，提倡新文學，反對文言文，提倡白話文的運動。

4 一九一一年（辛亥）孫中山領導的資產階級民主革命。它推翻了清王朝，結束了中國兩千多年的封建君主統治，建立了中華民國。

5 一九一三年七月孫中山領導的反對袁世凱獨裁統治的戰爭。因對一九一一年辛亥革命而言，所以稱為「二次革命」。它很快就被袁世凱撲滅。

6 袁世凱（一八五九－一九一六），河南項城人，北洋軍閥首領。原為清朝大臣，他在竊取中華民國大總統職位後，於一九一六年一月實行帝制，自稱皇帝，定年號為「洪憲」；同年三月被迫撤銷。

7 張勳（一八五四－一九二三），江西奉新人，北洋軍閥之一。一九一七年六月，他在任安徽督軍時，從徐州帶兵到北京，七月一日和康有為等扶植清廢帝溥儀復辟，七月十二日即告失敗。

8 原是匈牙利詩人裴多菲在一八四七年七月十七日致友人弗里傑什·凱雷尼信中的話，魯迅在《野草·希望》中曾引用。

9 語見屈原《離騷》。魯迅曾引用它作為《彷徨》的題辭。

10 這兩句話引自《吶喊·自序》。

《兩地書》序言[1]

這一本書，是這樣地編起來的——

一九三二年八月五日，我得到霽野，靜農，叢蕪三個人[2]署名的信，說漱園[3]於八月一日晨五時半病歿於北平同仁醫院了，大家想搜集他的遺文，為他出一本紀念冊，問我這裡可還藏有他的來信沒有。

這真使我的心突然緊縮起來。因為，首先，我是希望著他能夠痊癒的，雖然明知道他大約未必會好；其次，是我雖然明知道他未必會好，卻有時竟沒有想到，也許將他的來信統統毀掉了，那些伏在枕上，一字字寫出來的信。

我的習慣，對於平常的信，是隨覆隨毀的，但其中如果有些議論，有些故事，也往往留起來。直到近三年，我才大燒毀了兩次。

五年前，國民黨清黨的時候，我在廣州，常聽到因為捕甲，從甲這裡看見乙的信，於是捕乙，又從乙家搜得丙的信，於是連丙也捕去了，都不知道下落。古時候有牽牽連連的「瓜蔓抄」[4]我是知道的，但總以為這是古時候的事，直到事實給了我教訓，我才分明省悟了做今人也和做古人一樣難。

然而我還是漫不經心，隨隨便便，待到一九三〇年我簽名於自由大同盟[5]，浙江省黨部呈請中央通緝「墮落文人魯迅等」的時候，我在棄家出走之前，忽然心血來潮，將朋友給我的信都毀掉了。這並非為了消滅「謀為不軌」的痕跡，不過以為因通信而累及別人，是很無謂的，況且中國的衙門是誰都知道只要一碰著，就有多麼的可怕。後來逃過了這一關，搬了寓，而信札又積起來，我又隨隨便便了。

不料一九三一年一月，柔石[6]被捕，在他的衣袋裡搜出有我名字的東西來，因此聽說就在找我。自然囉，我只得又棄家出走，但這回是心血來潮得更加明白，當然先將所有信札完全燒掉了。

因為有過這樣的兩回事，所以一得到北平的來信，我就擔心，怕大約未必有，但還是翻箱倒篋的尋了一通，果然無蹤無影。朋友的信一封也沒有，我們自己的信倒尋出來了。這也並非對於自己的東西特別看作寶貝，倒是因為那時時間很有限，而自己的信至多也不過蔓在自身上，因此放下了的。此後這些信又在槍炮的交叉火線下，躺了二三十天，也一點沒有損失。其中雖然有些缺少，但恐怕是自己當時沒有留心，早經遺失，並不是由於什麼官災兵燹的。

一個人如果一生沒有遇到橫禍，大家絕不另眼相看，但若坐過牢監，到過戰場，則即使他是一個萬分平凡的人，人們也總看得特別一點。我們對於這些信，也正是這樣。先前是一任他塾在箱子底下的，但現在一想起他曾經幾乎要打官司，要遭炮火，就覺得他好像有些特別，有些可愛似的了。夏夜多蚊，不能靜靜的寫字，我們便略照年月，將他編了起來，因地而分為三集，統名之曰《兩地書》。

這是說：這一本書，在我們自己，一時是有意思的，但對於別人，卻並不如此。其中既沒有死呀活呀的熱情，也沒有花呀月呀的佳句；文辭呢，我們都未曾研究過《尺牘精華》或《書信作法》，只是信筆寫來，大背文律，活該進「文章病院」[7]的居多。

所講的又不外乎學校風潮，本身情況，飯菜好壞，天氣陰晴，而最壞的是我們當日居漫天幕中，幽明莫辨，講自己的事倒沒有什麼，但一遇到推測天下大事，就不免糊塗得很，所以凡有歡欣鼓舞之詞，從現在看起來，大抵成了夢囈了。如果定要恭維這一本書的特色，那麼，我想，恐怕是因為他的平凡罷。這樣平凡的東西，別人大概是不會有，即有也未必存留的，而我們不然，這就只好謂之也是一種特色。

然而奇怪的是竟又會有一個書店願意來印這一本書。要印，印去就是，這倒仍然可以隨隨便便，不過因此也就要和讀者相見了，卻使我又得加上兩點聲明在這裡，以免誤解。其一，是：我現在是左翼作家聯盟[8]中之一人，看近來書籍的廣告，大有凡作家一旦向左，則舊作也即飛升，連他孩子時代的啼哭也合於革命文學之概，不過我們的這書是不然的，其中並無革命氣息。

其二，常聽得有人說，書信是最不掩飾，最顯真面的文章，但我也並不，我無論給誰寫信，最初，總是敷敷衍衍，口是心非的，即在這一本中，遇有較為緊要的地方，到後來也還是往往故意寫得含糊些，因為我們所處，是在「當地長官」，郵局，校長……，都可以隨意檢查信件的國度裡。但自然，明白的話，是也不少的。

還有一點，是信中的人名，我將有幾個改掉了，用意有好有壞，並不相同。此無他，或則怕別人見於我們的信裡，於他有些不便，或則單為自己，省得又是什麼「聽候開審」[9]之類的麻煩而已。

回想六七年來，環繞我們的風波也可謂不少了，在不斷的掙扎中，相助的也有，下石的也有，笑罵誣衊的也有，但我們緊咬了牙關，卻也已經掙扎著生活了六七年。其間，含沙射影者都逐漸自己沒入更黑暗的處所去了，而好意的朋友也已有兩個不在人間，就是漱園和柔石。我們以這一本書為自己紀念，並以感謝好意的朋友，並且留贈我們的孩子，給將來知道我們所經歷的真相，其實大致是如此的。

一九三二年十二月十六日　魯迅

【注釋】

1 本篇最初印入一九三三年四月上海青光書店出版的《兩地書》。

2 即李霽野、臺靜農、韋叢蕪。他們都是文學團體未名社的成員。

3 漱園（一九〇二—一九三二）即韋素園，安徽霍丘人。未名社主要成員。譯有果戈理的小說《外套》、俄國短篇小說集《最後的光芒》、北歐詩歌小品集《黃花集》等。

4 見《明史・景清傳》：明代建文帝（朱允炆）的遺臣景清，企圖謀刺明成祖（朱棣），事情敗露，「成祖怒，磔死，族之。籍其鄉，轉相攀染，謂之瓜蔓抄。」

5 中國自由運動大同盟的簡稱，中共支持和領導下的一個群眾團體，一九三〇年二月在上海成立。主要領導人有宋慶齡、蔡元培等。魯迅是這個團體的發起人之一。

6 柔石（一九〇二—一九三一）原名趙平復，浙江寧海（今併入象山）人，作家。著有中篇小說《二月》，短篇小說《為奴隸的母親》等。一九三一年一月十七日在上海被逮捕，二月七日被秘密殺害。

7 當時上海開明書店出版的《中學生》雜誌的一個專欄。它從書刊中選取在語法上有錯誤或文義上不合邏輯的文章，加以批改。

8 即中國左翼作家聯盟（簡稱「左聯」），中共領導下的革命文學團體。領導成員有魯迅、夏衍、馮雪峯、馮乃超、周揚等。一九三〇年三月在上海成立，一九三五年底自行解散。

9 一九二七年七月二十四日，顧頡剛自杭州發信給即將離廣州去上海的魯迅，說魯迅在文字上侵犯了他，將到廣東「提起訴訟，聽候法律解決」，要魯迅「暫勿離粵，以俟開審」。參看《三閒集・辭顧頡剛教授令「候審」》。

祝中俄文字之交[1]

十五年前，被西歐的所謂文明國人看作半開化的俄國，那文學，在世界文壇上，是勝利的；十五年以來，被帝國主義者看作惡魔的蘇聯，那文學，在世界文壇上，是勝利的。這裡的所謂「勝利」，是說：以它的內容和技術的傑出，而得到廣大的讀者，並且給與了讀者許多有益的東西。

它在中國，也沒有出於這例子之外。

我們曾在梁啟超所辦的《時務報》[2]上，看見了《福爾摩斯包探案》[3]的變幻，又在《新小說》[4]上，看見了焦士威奴（Jules Verne）[5]所做的號稱科學小說的《海底旅行》之類的新奇。後來林琴南[6]大譯英國哈葛德（H. Rider Haggard）

的小說了，我們又看見了倫敦小姐之纏綿和非洲野蠻之古怪。

至於俄國文學，卻一點不知道，——但有幾位也許自己心裡明白，而沒有告訴我們的「先覺」先生，自然是例外。不過在別一方面，是已經有了感應的。那時較為革命的青年，誰不知道俄國青年是革命的，暗殺的好手？尤其忘不掉的是蘇菲亞[7]，雖然大半也因為她是一位漂亮的姑娘。現在的國貨的作品中，還常有「蘇菲」一類的名字，那淵源就在此。

那時——十九世紀末——的俄國文學，尤其是陀思妥夫斯基和托爾斯泰的作品，已經很影響了德國文學，但這和中國無關，因為那時研究德文的人少得很。最有關係的是英美帝國主義者，他們一面也翻譯了陀思妥夫斯基，都介涅夫，托爾斯泰，契訶夫的選集了，一面也用那做給印度人讀的讀本來教我們的青年以拉瑪和吉利瑟那（Rama and Krishna）[8]的對話，然而因此也攜帶了閱讀那些選集的可能。包探，冒險家，英國姑娘，非洲野蠻的故事，是只能當醉飽之後，在發脹的身體上搔搔癢的，然而我們的一部分的青年卻已經覺得壓迫，只有痛楚，他要掙扎，用不著癢癢的撫摩，只在尋切實的指示了。

那時就看見了俄國文學。

那時就知道了俄國文學是我們的導師和朋友。因為從那裡面，看見了被壓迫者的善良的靈魂，的酸辛，的掙扎；還和四十年代的作品一同燒起希望，和六十年代的作品一同感到悲哀。我們豈不知道那時的大俄羅斯帝國也正在侵略中國，然而從文學裡明白了一件大事，是世界上有兩種人：壓迫者和被壓迫者！

從現在看來，這是誰都明白，不足道的，但在那時，卻是一個大發現，正不亞於古人的發現了火的可以照暗夜，煮東西。

俄國的作品，漸漸的紹介進中國來了，同時也得了一部分讀者的共鳴，只是傳布開去。零星的譯品且不說罷，成為大部的就有《俄國戲曲集》[9]十種和《小說月報》增刊的《俄國文學研究》[10]一大本，還有《被壓迫民族文學號》[11]兩本，則是由俄國文學的啟發，而將範圍擴大到一切弱小民族，並且明明點出「被壓迫」的字樣來了。

於是也遭了文人學士的討伐，有的主張文學的「崇高」，說描寫下等人是鄙俗的勾當[12]，有的比創作為處女，說翻譯不過是媒婆[13]，而重譯尤令人討厭。的確，除了《俄國戲曲集》以外，那時所有的俄國作品幾乎都是重譯的。

但俄國文學只是紹介進來，傳布開去。

作家的名字知道得更多了，我們雖然從安特來夫（L.Andreev）的作品裡遇到恐怖[14]，阿爾志跋綏夫（M.Artsybashev）的作品裡看見了絕望和荒唐[15]，但也從珂羅連珂（V.Korolenko）學得了寬宏[16]，從戈理基（Maxim Gorky）感覺了反抗[17]。讀者大眾的共鳴和熱愛，早不是幾個論客的自私的曲說所能掩蔽，這偉力，終於使先前的膜拜曼殊斐爾（Katherine Mansfield）的紳士[18]，也重譯了都介涅夫的《父與子》，排斥「媒婆」的作家也重譯著托爾斯泰的《戰爭與和平》了。[19]

這之間，自然又遭了文人學士和流氓警犬的聯軍的討伐。對於紹介者，有的說是為了盧布[20]，有的說是意在投降[21]，有的笑為「破鑼」[22]，有的指為共黨，而實際上的對於書籍的禁止和沒收，還因為是秘密的居多，無從列舉。

但俄國文學只是紹介進來，傳布開去。

有些人們，也譯了《莫索里尼傳》，也譯了《希特拉傳》，但他們紹介不出一冊現代義國或德國的白色的大作品，《戰後》[23]是不屬於希特拉[24]的卐字旗下的，《死的勝利》[25]又只好以「死」自豪。但蘇聯文學在我們卻已有了里培進斯基[26]的《一周間》革拉特珂夫的《士敏土》，法捷耶夫的《毀滅》，綏拉菲摩微支的《鐵流》；此外中篇短篇，還多得很。凡這些，都在御用文人的明槍暗箭之中，大踏步跨到讀者大眾的懷裡去，給一一知道了變革、戰鬥、建設的辛苦和成功。

但一月以前，對於蘇聯的「輿論」，剎時都轉變了，昨夜的魔鬼，今朝的良朋，許多報章，總要提起幾點蘇聯的好處，有時自然也涉及文藝上：「復交」[27]之故也。然而，可祝賀的卻並不在這裡。自利者一淹在水裡面，將要滅頂的時候，只要抓得著，是無論「破鑼」破鼓，都會抓住的，他決沒有所謂「潔癖」。然而無論他終於滅亡或幸而爬起，始終還是一個自利者。隨手來舉一個例子罷，上海稱為「大報」的《申報》，不是一面甜嘴蜜舌的主張著「組織蘇聯考察團」（三二年十二月二十八日時評），而一面又將林克多的《蘇聯聞見錄》稱為「反動書籍」（同二十七日新聞）麼？

可祝賀的，是在中俄的文字之交，開始雖然比中英，中法遲，但在近十年中，兩國的絕交也好，復交也好，我們的讀者大眾卻不因此而進退；譯本的放任也好，禁壓也好，我們的讀者也決不因此而盛衰。不但如常，而且擴大；不但雖絕交和禁壓還是如常，而且雖絕交和禁壓而更加擴大。這可見我們的讀者大眾，是一向不用自私的「勢利眼」來看俄國文學的。我們的讀者大眾，在朦朧中，早知道這偉大肥沃的「黑土」[28]裡，要生長出什麼東西來，而這「黑土」卻也確實生長了東西，給我們親見了：忍受，呻吟，掙扎，反抗，戰鬥，變革，戰鬥，建設，戰鬥，成功。

在現在，英國的蕭，法國的羅蘭[29]，也都成為蘇聯的朋友了。這，也是當我們中國和蘇聯在歷來不斷的「文字之交」的途中，擴大而與世界結成真的「文字之交」的開始。

這是我們應該祝賀的。

十二月三十日

【注釋】

1 本篇最初發表於一九三二年十二月十五日《文學月報》第一卷第五、六號合刊。

2 旬刊，一八九六年（清光緒二十二年）八月在上海創刊，梁啟超主編，是當時鼓吹變法維新的主要刊物，一八九八年七月停刊。

3 英國作家柯南道爾（一八五九—一九三〇）作的偵探小說。福爾摩斯是書中的主要人物。

4 月刊，一九〇二年（清光緒二十八年）十月在日本橫濱創刊，梁啟超主編。該刊除登載創作小說之外，也刊登翻譯小說。

5 焦士威奴（一八二八—一九〇五），通譯儒勒．凡爾納，法國小說家。著有科學幻想及冒險小說《海底兩萬里》、《神秘島》、《格蘭特船長的女兒》等多種。

6 林琴南（一八五二—一九二四）名紓，號畏廬，福建閩侯（今福州）人，他曾依靠別人口述，用文言翻譯歐美文學作品一百多種，其中包括英國小說家哈葛德（一八五六—一九二五）的《迦茵小傳》、《埃及金塔剖屍記》、《斐洲煙水愁城錄》等作品。「五四」時期，他成為反對新文化運動的代表人物。

7 即別羅夫斯卡婭（一八五三—一八八一），俄國女革命家，民意黨領導人之一。因參加一八八一年三月一日暗殺沙皇亞歷山大二世，於同年四月三日被沙皇政府殺害。清末中國無政府主義者所辦的刊物《新世紀》第二十七號（一九〇七年十二月），曾介紹過她的事蹟，刊出她的照片。

8 都是印度神話中的人物。

9 共學社叢書之一，一九二一年商務印書館出版。它包括戲曲十種：果戈理的《巡按》（賀啟明譯），奧斯特洛夫斯基的《雷雨》（耿濟之譯），屠格涅夫的《村中之月》（耿濟之譯），托爾斯泰的《黑暗之勢力》（耿濟之譯）和《教育之果》（沈穎譯），契訶夫的《海鷗》（鄭振鐸譯）、《伊凡諾夫》、《萬尼亞叔父》和《櫻桃園》（三者均耿式之譯），史拉美克的《六月》（鄭振鐸譯）。

10 《小說月報》第十二卷的增刊，一九二一年九月出版。內收鄭振鐸《俄國文學的起源時代》、耿濟之《俄國四大文學家合傳》、沈雁冰《近代俄國文學家三十人合傳》、魯迅《阿爾志跋綏甫》、郭紹虞《俄國美論及其文藝》、張聞天《托爾斯泰的藝術觀》、沈澤民《俄國的敘事詩歌》等論文，以及魯迅、瞿秋白、耿濟之等所譯俄國文學作品多篇。

11 即《被損害民族的文學號》，《小說月報》第十二卷第十期專刊，一九二一年十月出版。內收魯迅譯的《近代捷克文學概觀》（捷克凱拉綏克作）和《小俄羅斯文學略說》（德國凱爾沛來斯作）、沈雁冰譯的《芬蘭的文學》（Hermione Ramsder作）、沈澤民譯的《塞爾維亞文學概觀》（Chedo Mijatovich作）、周作人譯的《近代波蘭文學概觀》（波蘭訶勒溫斯奇作）等論文，以及魯迅、沈雁冰等所譯芬蘭、保加利亞、波蘭等國文學作品多篇。

12 指那時曾留學英美的某些紳士派如吳宓等人，參看《二心集·上海文藝之一瞥》中的有關論述。

13 關於創作是處女，翻譯是媒婆的話，見《民鐸》第二卷第五號（一九二一年二月）郭沫若致李石岑函：「我覺得國內人士只注重媒婆，而不注重處子，只注重翻譯，而不注重產生。」

14 安特來夫 參看本書第二十三頁注7。他後期創作表現了對人民力量和革命的懷疑，作品往往以特別悲慘和富於刺激性的情節宣揚恐懼，如小說《紅的笑》、《七個被絞死的人》等。

15 參看本書第二十三頁注8。他主要作品《沙寧》的主人公沙寧，是個否定道德、社會理想，主張自身欲望滿足的人物。它曾被作為所謂「沙寧主義」，產生過很壞的影響。

16 珂羅連珂（一八五三—一九二一）通譯柯羅連科，俄國作家。主要作品有小說《瑪律加的夢》、《盲音樂家》、《我的同時代人的故事》等。

17 即高爾基，參看本書第二十三頁注9。他作品號召人們同資本主義和專制制度決戰，如散文詩《鷹之歌》、《海燕之歌》洋溢著革命激情，長篇小說《母親》直接反映了俄國工人階級的鬥爭。

18 指陳源。他曾在《新月》第一卷第四號（一九二八年六月）《曼殊斐爾》一文中，稱英國女作家曼殊斐爾是「超絕一世的微妙清新的作家」。後來，他根據英譯本翻譯屠格涅夫的《父與子》，一九三一年六月上海商務印書館出版。

19 郭沫若曾根據德譯本翻譯了列夫．托爾斯泰的《戰爭與和平》的一部分，一九三一年八月上海文藝書局出版。

20 這是當時報刊經常散佈的言詞，如《新月》第二卷第九期（一九二九年十一月）所載梁實秋的《「資本家的走狗」》一文，其中影射左派作家「帶著幾份雜誌到主子面前表功，或者還許得到幾個金鎊或盧布的賞賚」，「到××黨去領盧布」等。

21 一九二九年前後，作者翻譯介紹了大量蘇聯的文藝作品和文藝理論著作，曾被反動派誣蔑為「投降」，如一九二九年八月十九日上海《真報》所載署名尚文的《魯迅與北新書局的決裂》一文中說，「雖然魯迅今年也提起筆來翻過一本革命藝術論，表示投降的意味，惜乎沒有好多讀者去理睬它。」

22 當時一般人對「普羅文學」的污蔑。「普羅」是Proletariat（無產階級）的音譯「普羅列塔利亞」的簡稱。

23 德國作家雷馬克的小說《西線無戰事》的續篇，當時有沈叔之的中譯本，一九三一年八月上海開明書店出版。

24 希特拉（Adolf Hitler，一八八九—一九四五），通譯希特勒，德國法西斯頭子，第二次世界大戰的禍首之一。下文的卐字旗，即德國法西斯的旗子。「卐」，納粹黨的黨徽。

25 義大利作家鄧南遮（一八六三—一九三八）在一八九四年出版的小說，當時有芳信的中譯本，一九三二年十月上海光華書局出版。

26 里培進斯基（一八九八—一九五九），通譯里進斯基，蘇聯作家。所作《一周間》，當時我國有蔣光慈的譯本，一九三〇年一月北新書局出版。又有江思、蘇汶的譯本，一九三〇年三月上海水沫書店出版。

27 國民黨政府在一九二七年十二月十四日宣布和蘇聯斷絕邦交，一九三二年十二月十二日宣布復交。

28 蘇聯的黑土區面積廣大，有以「黑土」作為它的代稱。如丹麥文藝批評家和文學史家喬治·勃蘭兑斯（一八四二—一九二七），曾在他寫的《俄國印象記》一書中稱俄國為「黑土」。

29 指英國作家蕭伯納和法國作家羅曼·羅蘭。羅曼·羅蘭在俄國十月革命後對蘇聯持友好態度，一九三一年發表《與過去告別》一文，熱烈支持無產階級革命。蕭伯納，參看本書〈誰的矛盾〉及其注2。

一九三三年

聽說夢[1]

做夢，是自由的，說夢，就不自由。做夢，是做真夢的，說夢，就難免說謊。

大年初一，就得到一本《東方雜誌》[2]新年特大號，臨末有「新年的夢想」，問的是「夢想中的未來中國」和「個人生活」，答的有一百四十多人。記者的苦心，我是明白的，想必以為言論不自由，不如來說夢，而且與其說所謂真話之假，不如來談談夢話之真，我高興的翻了一下，知道記者先生卻大大的失敗了。

當我還未得到這本特大號之前，就遇到過一位投稿者，他比我先看見印本，自說他的答案已被資本家刪改了，他所說的夢其實並不如此。這可見資本家雖然還沒法禁止人們做夢，而說了出來，倘為權力所及，卻要干涉的，絕不給你自由。這一點，已是記者的大失敗。

但我們且不去管這改夢案子，只來看寫著的夢境罷，誠如記者所說，來答覆的幾乎全部是智識分子。首先，是誰也覺得生活不安定，其次，是許多人夢想著將來的好社會，「各盡所能」呀，「大同世界」呀，很有些「越軌」氣息了（末三句是我添的，記者並沒有說）。

但他後來就有點「癡」起來，他不知從那裡拾來了一種學說，將一百多個夢分為兩大類，說那些夢想好社會的都是「載道」之夢，是「異端」，正宗的夢應該是「言志」的，硬把「志」弄成一個空洞無物的東西。[3]然而，孔子曰，「盍各言爾志」，而終於贊成曾點者，[4]就因為其「志」合於孔子之「道」的緣故也。

其實是記者的所以為「載道」的夢，那裡面少得很。文章是醒著的時候寫的，問題又近於「心理測驗」，遂致對答者不能不做出各各適宜於目下自己的職業，地位，身分的夢來（已被刪改者自然不在此例），即使看去好像怎樣「載道」，但為將來的好社會「宣傳」的意思，是沒有的。所以，雖然夢「大家有飯吃」者有人，夢「無階級社會」者有人，夢「大同世界」者有人，而很少有人夢見建設這樣社會以前的階級鬥爭，白色恐怖，轟炸，虐殺，鼻子裡灌辣椒水，電刑……倘不夢見這些，好社會是不會來的，無論怎麼寫得光明，終究是一個夢，空頭的夢，說了出來，也無非教人都進這空頭的夢境裡面去。

然而要實現這「夢」境的人們是有的，他們不是說，而是做，夢著將來，而致力於達到這一種將來的現在。因為有這事實，這才使許多智識分子不能不說好像「載道」的夢，但其實並非「載道」，乃是給「道」載了一下，倘要簡潔，應該說是「道載」的。

為什麼會給「道載」呢？曰：為目前和將來的吃飯問題而已。

我們還受著舊思想的束縛，一說到吃，就覺得近乎鄙俗。但我是毫沒有輕視對答者諸公的意思的。《東方雜誌》記者在《讀後感》裡，也曾引佛洛伊特[5]的意見，以為「正宗」的夢，是「表現各人的心底的秘密而不帶著社會作用的」。但佛洛伊特以被壓抑為夢的根柢——人為什麼被壓抑的呢？這就和社會制度，習慣之類連結了起來，單是做夢不打緊，一說，一問，一分析，可就不妥當了。記者沒有想到這一層，於是就一頭撞在資本家的朱筆上。但引「壓抑說」來釋夢，我想，大家必已經不以為忤了罷。

不過，佛洛伊特恐怕是有幾文錢，吃得飽飽的罷，所以沒有感到吃飯之難，只注意於性欲。有許多人正和他在同一境遇上，就也轟然的拍起手來。誠然，他也告訴過我們，女兒多愛父親，兒子多愛母親，即因為異性的緣故。然而嬰孩出生不多久，無論男女，就尖起嘴唇，將頭轉來轉去。莫非它想和異性接吻麼？不，誰都知道：是要吃東西！

食欲的根柢，實在比性欲還要深，在目下開口愛人，閉口情書，並不以為肉麻的時候，我們也大可以不必諱言要吃飯。因為是醒著做的夢，所以不免有些不真，因為題目究竟是「夢想」，而且如記者先生所說，我們是「物質的需要遠過於精神的追求」了，所以乘著 Censors[6]（也引用佛洛伊特語）的監護好像解除了之際，便公開了一部分。其實也是在「夢中貼標語，喊口號」，不過不是積極的罷了，而且有些也許倒和表面的「標語」正相反。

時代是這麼變化，飯碗是這樣艱難，想想現在和將來，有些人也只能如此說夢，同是小資產階級（雖然也有人定我為「封建餘孽」或「土著資產階級」，但我自己姑且定為屬於這階級），很能夠彼此心照，然而也無須秘而不宣的。

至於另有些夢為隱士，夢為漁樵，和本相全不相同的名人[7]，其實也只是預感飯碗之脆，而卻想將吃飯範圍擴大起來，從朝廷而至園林，由洋場及於山澤，比上面說過的那些志向要大得遠，不過這裡不來多說了。

一月一日。

【注釋】

1 本篇最初發表於一九三三年四月十五日上海《文學雜誌》第一號。

2 綜合性刊物，一九〇四年三月在上海創刊，一九四八年十二月停刊，商務印書館出版。它於一九三三年出的「新年特大號」（第三十卷第一期）中，闢有「新年的夢想」專欄。當時該刊的主編為胡愈之。

3 《東方雜誌》記者在「新年的夢想」專欄的《讀後感》中說：「近來有些批評家把文學分為『載道』的文學和『言志』的文學這兩類。我們的『夢』也可以同樣的方法來分類：就是『載道』的夢，和『言志』的夢。」又說：「『載道』的夢只是『異端』，而『言志』的夢才是夢的『正宗』，因為我們相信『夢』是個人的，而不是社會的。依據佛洛伊特的解釋，夢只是白天受遏抑的意識，於睡眠，解放出來。……所以『夢』只是代表了意識的『不公開』的部分，在夢中說教，在夢中講道，在夢中貼標語，喊口號，這到底是不常有的夢，至少這是白日夢而不是夜夢，所以不能算作夢的正宗。只有個人的夢，表現各人心底的秘密而不帶著社會作用的，那才是正宗的夢。」

按《東方雜誌》記者所說的「近來有些批評家」指周作人，他在《中國新文學的源流》一書中，認為中國文學史是「載道」文學和「言志」文學的消長史。

4 語見《論語·公冶長》：「顏淵、季路侍。子曰：『盍各言爾志。』」孔子贊成曾點的話，見《論語·先進》：「子路、曾晢（名點）、冉有、公西華侍坐。……子曰：『何傷乎，亦各言其志也。』（曾點）曰：『莫（暮）春者，春服既成，冠者五六人，童子六七人，浴乎沂，風乎舞雩，詠而歸。』夫子喟然嘆曰：『吾與點也。』」

5 佛洛伊特（Sigmund Freud，一八五六——一九三九）通譯佛洛伊德，奧地利精神病學家，精神分析學說的創立者。這種學說認為文學、藝術、哲學、宗教等一切精神現象，乃至常人的夢，精神病患者的症狀，都是人們因受壓抑而潛藏在下意識裡的某種「生命力」（Libido），特別是性欲的潛力所產生的。他的主要著作有《夢的解釋》、《日常生活的病理心理學》、《精神分析引論》、《精神分析引論新編》等。

6 英語，原義為檢查官，佛洛伊特精神分析學說用以表示潛在意識壓抑力。

7 指在《東方雜誌》「新年特大號」上「說夢」的一些國民黨官僚，如當時的鐵道部次長、抗日戰爭中做了漢奸的曾仲鳴說：「何處是修竹、吾廬三徑」；中國銀行副總裁俞寰澄說：「我只想做一個略具知識的自耕農，我最酷愛田園生活」，等等。

論「赴難」和「逃難」[1]

——寄《濤聲》編輯的一封信

編輯先生：

我常常看《濤聲》，也常常叫「快哉！」但這回見了周木齋[2]先生那篇《罵人與自罵》，其中說北平的大學生「即使不能赴難，最低最低的限度也應不逃難」，而致慨於五四運動時代式鋒芒之銷盡，卻使我如骨鯁在喉，不能不說幾句話。因為我是和周先生的主張正相反，以為「倘不能赴難，就應該逃難」，屬於「逃難黨」的。

周先生在文章的末尾，「疑心是北京改為北平的應驗」，我想，一半是對的。

那時的北京，還掛著「共和」的假面，學生嚷嚷還不妨事；那時的執政，是昨天上海市十八團體為他開了「上海各界歡迎段公芝老大會」的段祺瑞[3]先生，他雖然是武人，卻還沒有看過《莫索里尼傳》。然而，你瞧，來了呀。有一回，對著請願的學生畢畢剝剝的開槍了[4]，兵們最愛瞄準的是女學生，這用精神分析學來解釋，是說得過去的，尤其是剪髮的女學生，這用整頓風俗[5]的學說來解說，也是說得過去的。

總之是死了一些「莘莘學子」。然而還可以開追悼會；還可以遊行過執政府之門，大叫「打倒段祺瑞」。為什麼呢？因為這時又還掛著「共和」的假面。然而，你瞧，又來了呀。現為黨國大教授的陳源[6]先生，在《現代評論》上哀悼死掉的學生，說可惜他們為幾個盧布送了性命；《語絲》反對了幾句，現為黨國要人的唐有壬[7]先生在《晶報》上發表一封信，說這些言動是受墨斯科的命令的。這實在已經有了北平氣味了。

後來，北伐成功了，北京屬於黨國，學生們就都到了進研究室的時代，五四式是不對了。為什麼呢？因為這是很容易為「反動派」所利用的。為了矯正這種壞脾氣，我們的政府，軍人，學者，文豪，員警，偵探，實在費了不少的苦心。

用誥諭，用刀槍，用書報，用段煉，用逮捕，用拷問，直到去年請願之徒，死的都是「自行失足落水」，連追悼會也不開的時候為止，這才顯出了新教育的效果。

倘使日本人不再攻榆關，我想，天下是太平了的，「必先安內而後可以攘外」[8]。但可恨的是外患來得太快一點，太繁一點，日本人太不為中國諸公設想之故也，而且也因此引起了周先生的責難。

看周先生的主張，似乎最好是「赴難」。不過，這是難的。倘使早先有了組織，經過訓練，前線的軍人力戰之後，人員缺少了，副司令[9]下令召集，那自然應該去的。無奈據去年的事實，則連火車也不能白坐，而況乎日所學的又是債權論，土耳其文學史，最小公倍數之類。去打日本，一定打不過的。

大學生們曾經和中國的兵警打過架，但是「自行失足落水」了，現在中國的兵警尚且不抵抗，大學生能抵抗麼？我們雖然也看見過許多慷慨激昂的詩，什麼用死屍堵住敵人的炮口呀，用熱血膠住倭奴的刀槍呀，但是，先生，這是「詩」呵！事實並不這樣的，死得比螞蟻還不如，炮口也堵不住，刀槍也膠不住。孔子曰：「以不教民戰，是謂棄之。」[10]我並不全拜服孔老夫子，不過覺得這話是對的，我也正是反對大學生「赴難」的一個。

那麼，「不逃難」怎樣呢？我也是完全反對。自然，現在是「敵人未到」的，但假使一到，大學生們將赤手空拳，罵賊而死呢，還是躲在屋裡，以圖倖免呢？我想，還是前一著堂皇些，將來也可以有一本烈士傳。不過於大局依然無補，無論是一個或十萬個，至多，也只能又向「國聯」報告一聲罷了。

去年十九路軍的某某英雄怎樣殺敵，大家說得眉飛色舞，因此忘卻了全線退出一百里的大事情，可是中國其實還是輸了的。而況大學生們連武器也沒有。現在中國的新聞上大登「滿洲國」[11]的虐政，說是不准私藏軍器，但我們大中華民國人民來藏一件護身的東西試試看，也會家破人亡，——先生，這是很容易「為反動派所利用」的呵。

施以獅虎式的教育，他們就能用爪牙，施以牛羊式的教育，他們到萬分危急時還會用一對可憐的角。然而我們所施的是什麼式的教育呢，連小小的角也不能有，則大難臨頭，惟有兔子似的逃跑而已。自然，就是逃也不見得安穩，誰都說不出那裡是安穩之處來，因為到處繁殖了獵狗，詩曰：「趯趯毚兔，遇犬獲之。」[12]此之謂也。然則三十六計，固仍以「走」為上計耳。

總之，我的意見是：我們不可看得大學生太高，也不可責備他們太重，中國是不能專靠大學生的；大學生逃了之後，卻應該想想此後怎樣才可以不至於單是逃，脫出詩境，踏上實地去。

但不知先生以為何如？能給在《濤聲》上發表，以備一說否？

謹聽裁擇，並請

文安。

羅憮頓首。一月二十八夜。

再：頃聞十來天之前，北平有學生五十多人因開會被捕，可見不逃的還有，然而罪名是「藉口抗日，意圖反動」，又可見雖「敵人未到」，也大以「逃難」為是也。

二十九日補記。

【注釋】

1 本篇最初發表於一九三三年二月十一日上海《濤聲》第二卷第五期，署名羅憮。原題為《三十六計走為上計》。

2 周木齋（一九一〇—一九四一）江蘇武進人，當時在上海從事編輯和寫作。他的《罵人與自罵》，載《濤聲》第二卷第四期（一九三三年一月二十一日），其中說：「最近日軍侵佔榆關，北平的大學生竟至要求提前放假，所願未遂，於是紛紛自動離校。敵人未到，聞風遠逸，這是絕頂離奇的了。……論理日軍侵榆，……即使不能赴難，最低最低的限度也不應逃難。」又說：「寫到這裡，陡然的想起五四運動時期北京學生的鋒芒，轉眼之間，學風民氣，兩俱不變，我要疑心是『北京』改為『北平』的應驗了。」

3 段祺瑞（一八六四—一九三六）字芝泉，安徽合肥人，北洋皖系軍閥首領。一九二四年至一九二六年被推為北洋政府「臨時執政」。一九三三年一月二十四日他去上海時，上海市商會等十八個團體於二月十七日為他舉行歡迎會。

4 指三一八慘案。一九二六年三月十八日，北京愛國學生和群眾為反對日本帝國主義侵犯中國主權，集會天安門，會後赴段祺瑞執政府請願。段祺瑞竟命令衛隊向請願者開槍射擊，死傷兩百多人。死難者中有女學生劉和珍、楊德群等。

5 段祺瑞政府曾多次頒行這類政令，如一九二五年八月二十五日發布的「整頓學風令」；一九二六年三月六日，西北邊防督辦張之江致電段祺瑞，主張「男女之防」「維風化而奠邦本」，段政府複電表示「嘉許」，並著手「根本整飭」。

6 陳源（一八九六—一九七〇），字通伯，筆名西瀅，江蘇無錫人，現代評論派重要成員。三一八慘案發生後，他在《現代評論》發表《閒話》，稱愛國學生是被人利用，自蹈「死地」，還稱「宣傳赤化」的人是「直接或間接用蘇俄金錢」（見一九二六年五月八日《現代評論》第三卷第七十四期的《閒話》）。

7 唐有壬（一八九三—一九三五）湖南瀏陽人。《現代評論》的經常撰稿者，曾任國民黨政府外交次長，著名的親日派份子。一九二六年五月十二日上海小報《晶報》刊載一則《現代評論被收買?》的新聞，引用《語絲》七十六期有關《現代評論》接受段祺瑞津貼的文字，唐有壬便於同月十八日致函《晶報》辯解，並造謠說，「《現代評論》被收買的消息，起源於俄國莫斯科。」

8 蔣介石在一九三一年十一月三十日國民黨政府外長顧維鈞宣誓就職會上的「親書訓詞」中提

出：「攘外必先安內，統一方能禦侮。」（見一九三一年十二月一日《中央日報》）此後，它成為國民黨政府一貫奉行的政策。

9 指張學良。他在一九三〇年六月被任命為國民黨政府陸海空軍副司令。

10 語見《論語·子路》。

11 日本帝國主義侵佔我東北後於一九三二年三月製造的傀儡政權。一九三二年三月在長春成立，以清廢帝溥儀為「執政」。一九三四年三月改稱「滿洲帝國」，溥儀改稱「皇帝」。

12 語見《詩·小雅·巧言》。趯趯，跳躍的樣子；毚兔，狡兔。

學生和玉佛[1]

一月二十八日《申報》號外載二十七日北平專電曰：「故宮古物即起運，北寧平漢兩路已奉令備車，團城白玉佛[2]亦將南運。」

二十九日號外又載二十八日中央社電傳教育部電平各大學，略曰：「據各報載榆關告緊之際，北平各大學中頗有逃考及提前放假等情，均經調查確實。查大學生為國民中堅份子，詎容妄自驚擾，敗壞校規，學校當局迄無呈報，跡近寬縱，亦屬非是。仰該校等迅將學生逃考及提前放假情形，詳報核辦，並將下學期上課日期，並報為要。」

三十日，「墮落文人」周動軒先生見之，有詩嘆曰：

寂寞空城在，
倉皇古董遷，
頭兒誇大口，
面子靠中堅。
驚擾詎云妄？
奔逃只自憐：
所嗟非玉佛，
不值一文錢。

【注釋】

1 本篇最初發表於一九三三年二月十六日上海《論語》第十一期，署名動軒。

2 在北京北海公園聲門旁的小丘上，有圓形城垣，故名。金時始建殿宇，元後屢有增修。白玉佛，置於團城承光殿內，由整塊潔白的玉石雕刻而成，高約五尺，是具有很高藝術價值的珍貴文物。

為了忘卻的紀念[1]

一

我早已想寫一點文字，來紀念幾個青年的作家。這並非為了別的，只因為兩年以來，悲憤總時時來襲擊我的心，至今沒有停止，我很想借此算是竦身一搖，將悲哀擺脫，給自己輕鬆一下，照直說，就是我倒要將他們忘卻了。

兩年前的此時，即一九三一年的二月七日夜或八日晨，是我們的五個青年作家[2]同時遇害的時候。當時上海的報章都不敢載這件事，或者也許是不願，或不屑載這件事，只在《文藝新聞》[3]上有一點隱約其辭的文章。

那第十一期（五月二十五日）裡，有一篇林莽[4]先生作的《白莽印象記》，中間說：「他做了好些詩，又譯過匈牙利和詩人彼得斐[5]的幾首詩，當時的《奔流》[6]的編輯者魯迅接到了他的投稿，便來信要和他會面，但他卻是不願見名人的人，結果是魯迅自己跑來找他，竭力鼓勵他作文學的工作，但他終於不能坐在亭子間裡寫，又去跑他的路了。不久，他又一次的被了捕。……」

這裡所說的我們的事情其實是不確的。白莽並沒有這麼高慢，他曾經到過我的寓所來，但也不是因為我要求和他會面；我也沒有這麼高慢，對於一位素不相識的投稿者，會輕率的寫信去叫他。

我們相見的原因很平常，那時他所投的是從德文譯出的《彼得斐傳》，我就發信去討原文，原文是載在詩集前面的，郵寄不便，他就親自送來了。看去是一個二十多歲的青年，面貌很端正，顏色是黑黑的，當時的談話我已經忘卻，只記得他自說姓徐，象山人；我問他為什麼代你收信的女士是這麼一個怪名字（怎麼怪法，現在也忘卻了），他說她就喜歡起得這麼怪，羅曼蒂克，自己也有些和她不大對勁了。就只剩了這一點。

夜裡，我將譯文和原文粗粗的對了一遍，知道除幾處誤譯之外，還有一個故意的曲譯。他像是不喜歡「國民詩人」這個字的，都改成「民眾詩人」了。第二天又接到他一封來信，說很悔和我相見，他的話多，我的話少，又冷，好像受了一種威壓似的。我便寫一封回信去解釋，說初次相會，說話不多，也是人之常情，並且告訴他不應該由自己的愛憎，將原文改變。因為他的原書留在我這裡了，就將我所藏的兩本集子送給他，問他可能再譯幾首詩，以供讀者的參看。他果然譯了幾首，自己拿來了，我們就談得比第一回多一些。這傳和詩，後來就都登在《奔流》第二卷第五本，即最末的一本裡。

我們第三次相見，我記得是在一個熱天。有人打門了，我去開門時，來的就是白莽，卻穿著一件厚棉袍，汗流滿面，彼此都不禁失笑。這時他才告訴我他是一個革命者，剛由被捕而釋出，衣服和書籍全被沒收了，連我送他的那兩本；身上的袍子是從朋友那裡借來的，沒有夾衫，而必須穿長衣，所以只好這麼出汗。我想，這大約就是林莽先生說的「又一次的被了捕」的那一次了。

我很欣幸他的得釋，就趕緊付給稿費，使他可以買一件夾衫，但一面又很為我的那兩本書痛惜：落在捕房的手裡，真是明珠投暗了。

那兩本書，原是極平常的，一本散文，一本詩集，據德文譯者說，這是他搜集起來的，雖在匈牙利本國，也還沒有這麼完全的本子，然而印在《萊克朗氏萬有文庫》（Reclam's Universal-Bibliothek）[7]中，倘在德國，就隨處可得，也值不到一元錢。不過在我是一種寶貝，因為這是三十年前，正當我熱愛彼得斐的時候，特地托丸善書店[8]從德國去買來的，那時還恐怕因為書極便宜，店員不肯經手，開口時非常惴惴。後來大抵帶在身邊，只是情隨事遷，已沒有翻譯的意思了，這回便決計送給這也如我的那時一樣，熱愛彼得斐的詩的青年，算是給它尋得了一個好著落。所以還鄭重其事，托柔石親自送去的。誰料竟會落在「三道頭」[9]之類的手裡的呢，這豈不冤枉！

二

我的絕不邀投稿者相見，其實也並不完全因為謙虛，其中含著省事的分子也不少。由於歷來的經驗，我知道青年們，尤其是文學青年們，十之九是感覺很敏，自尊心也很旺盛的，一不小心，極容易得到誤解，所以倒是故意回避的時候多。見面尚且怕，更不必說敢有託付了。但那時我在上海，也有一個惟一的不但敢於隨便談笑，而且還敢於托他辦點私事的人，那就是送書去給白莽的柔石。

我和柔石最初的相見，不知道是何時，在那裡。他彷彿說過，曾在北京聽過我的講義，那麼，當在八九年之前了。我也忘記了在上海怎麼來往起來，總之，他那時住在景雲裡，離我的寓所不過四五家門面，不知怎麼一來，就來往起來了。

大約最初的一回他就告訴我是姓趙，名平復。但他又曾談起他家鄉的豪紳的氣焰之盛，說是有一個紳士，以為他的名字好，要給兒子用，叫他不要用這名字了。所以我疑心他的原名是「平福」，平穩而有福，才正中鄉紳的意，對於「復」字卻未必有這麼熱心。他的家鄉，是台州的寧海，這只要一看他那台州式的硬氣就知道，而且頗有點迂，有時會令我忽而想到方孝孺[10]，覺得好像也有些這模樣的。

他躲在寓裡弄文學，也創作，也翻譯，我們往來了許多日，說得投合起來了，於是另外約定了幾個同意的青年，設立朝華社[11]。目的是在紹介東歐和北歐的文學，輸入外國的版畫，因為我們都以為應該來扶植一點剛健質樸的文藝。接著就印《朝花旬刊》[12]，印《近代世界短篇小說集》[13]，印《藝苑朝華》[14]，算都在循著這條線，只有其中的一本《蕗谷虹兒畫選》，是為了掃蕩上海灘上的「藝術家」，即戳穿葉靈鳳[15]這紙老虎而印的。

然而柔石自己沒有錢，他借了二百多塊錢來做印本。除買紙之外，大部分的稿子和雜務都是歸他做，如跑印刷局，製圖，校字之類。可是往往不如意，說起來皺著眉頭。看他舊作品，都很有悲觀的氣息，但實際上並不然，他相信人們是好的。我有時談到人會怎樣的騙人，怎樣的賣友，怎樣的吮血，他就前額亮晶晶的，驚疑地圓睜了近視的眼睛，抗議道：「會這樣的麼？——不至於此罷？……」

不過朝花社不久就倒閉了，我也不想說清其中的原因，總之是柔石的理想的頭，先碰了一個大釘子，力氣固然白花，此外還得去借一百塊錢來付紙賬。後來他對於我那「人心惟危」[16]說的懷疑減少了，有時也嘆息道，「真會這樣的麼？……」但是，他仍然相信人們是好的。

他於是一面將自己所應得的朝花社的殘書送到明日書店和光華書局去，希望還能夠收回幾文錢，一面就拚命的譯書，準備還借款，這就是賣給商務印書館的《丹麥短篇小說集》[17]和戈里基作的長篇小說《阿爾泰莫諾夫之事業》[18]。但我想，這些譯稿，也許去年已被兵火燒掉了。

他的迂漸漸的改變起來，終於也敢和女性的同鄉或朋友一同去走路了，但那距離，卻至少總有三四尺的。這方法很不好，有時我在路上遇見他，只要在相距三四尺前後或左右有一個年輕漂亮的女人，我便會疑心就是他的朋友。但他和我一同走路的時候，可就走得近了，簡直是扶住我，因為怕我被汽車或電車撞死；我這面也為他近視而又要照顧別人擔心，大家都蒼皇失措的愁一路，所以倘不是萬不得已，我是不大和他一同出去的，我實在看得他吃力，因而自己也吃力。

無論從舊道德，從新道德，只要是損己利人的，他就挑選上，自己背起來。

他終於決定地改變了，有一回，曾經明白的告訴我，此後應該轉換作品的內容和形式。我說：這怕難罷，譬如使慣了刀的，這回要他耍棍，怎麼能行呢？他簡潔的答道：只要學起來！

他說的並不是空話，真也在從新學起來了，其時他曾經帶了一個朋友來訪我，那就是馮鏗女士。談了一些天，我對於她終於很隔膜，我疑心她有點羅曼蒂克，急於事功；我又疑心柔石的近來要做大部的小說，是發源於她的主張的。但我又疑心我自己，也許是柔石的先前的斬釘截鐵的回答，正中了我那其實是偷懶的主張的傷疤，所以不自覺地遷怒到她身上去了。——我其實也並不比我所怕見的神經過敏而自尊的文學青年高明。

她的體質是弱的，也並不美麗。

三

直到左翼作家聯盟成立之後，我才知道我所認識的白莽，就是在《拓荒者》[19]上做詩的殷夫。有一次大會時，我便帶了一本德譯的，一個美國的新聞記者所做的中國遊記去送他，這不過以為他可以由此練習德文，另外並無深意。然而他沒有來。我只得又托了柔石。

但不久，他們竟一同被捕，我的那一本書，又被沒收，落在「三道頭」之類的手裡了。

四

明日書店要出一種期刊，請柔石去做編輯，他答應了；書店還想印我的譯著，托他來問版稅的辦法，我便將我和北新書局所訂的合同，抄了一份交給他，他向衣袋裡一塞，匆匆的走了。其時是一九三一年一月十六日的夜間，而不料這一去，竟就是我和他相見的末一回，竟就是我們的永訣。

第二天，他就在一個會場上被捕了，衣袋裡還藏著我那印書的合同，聽說官廳因此正在找尋我。印書的合同，是明明白白的，但我不願意到那些不明不白的地方去辯解。記得《說岳全傳》[20]裡講過一個高僧，當追捕的差役剛到寺門之前，他就「坐化」了，還留下什麼「何立從東來，我向西方走」的偈子。這是奴隸所幻想的脫離苦海的惟一的好方法，「劍俠」盼不到，最自在的惟此而已。我不是高僧，沒有涅槃[21]的自由，卻還有生之留戀，我於是就逃走。[22]

這一夜，我燒掉了朋友們的舊信札，就和女人抱著孩子走在一個客棧裡。不幾天，即聽得外面紛紛傳我被捕，或是被殺了，柔石的消息卻很少。有的說，他曾經被巡捕帶到明日書店裡，問是否是編輯；有的說，他曾經被巡捕帶往北新書局去，問是否是柔石，手上上了銬，可見案情是重的。但怎樣的案情，卻誰也不明白。

他在囚繫中，我見過兩次他寫給同鄉[23]的信，第一回是這樣的——

「我與三十五位同犯（七個女的）於昨日到龍華。並於昨夜上了鐐，開政治犯從未上鐐之紀錄。此案累及太大，我一時恐難出獄，書店事望兄為我代辦之。現亦好，且跟殷夫兄學德文，此事可告周先生；望周先生勿念，我等未受刑。捕房和公安局，幾次問周先生地址，但我那裡知道。諸望勿念。祝好！

趙少雄　一月二十四日。」

以上正面。

「洋鐵飯碗，要二三隻

如不能見面，可將東西

望轉交趙少雄」

以上背面。

他的心情並未改變，想學德文，更加努力；也仍在記念我，像在馬路上行走時候一般。但他信裡有些話是錯誤的，政治犯而上鐐，並非從他們開始，但他向來看得官場還太高，以為文明至今，到他們才開始了嚴酷。其實是不然的。

果然，第二封信就很不同，措詞非常慘苦，且說馮女士的面目都浮腫了，可惜我沒有抄下這封信。其時傳說也更加紛繁，說他可以贖出的也有，說他已經解往南京的也有，毫無確信；而用函電來探問我的消息的也多起來，連母親在北京也急得生病了，我只得一一發信去更正，這樣的大約有二十天。

天氣愈冷了，我不知道柔石在那裡有被褥不？我們是有的。洋鐵碗可曾收到了沒有？……但忽然得到一個可靠的消息，說柔石和其他二十三人，已於二月七日夜或八日晨，在龍華警備司令部被槍斃了，他的身上中了十彈。

原來如此！……

在一個深夜裡，我站在客棧的院子中，周圍是堆著的破爛的什物；人們都睡覺了，連我的女人和孩子。我沉重的感到我失掉了很好的朋友，中國失掉了很好的青年，我在悲憤中沉靜下去了，然而積習卻從沉靜中抬起頭來，湊成了這樣的幾句：

慣於長夜過春時，挈婦將雛鬢有絲。
夢裡依稀慈母淚，城頭變幻大王旗。
忍看朋輩成新鬼，怒向刀叢覓小詩。
吟罷低眉無寫處，月光如水照緇衣。

但末二句，後來不確了，我終於將這寫給了一個日本的歌人。24

可是在中國，那時是確無寫處的，禁錮得比罐頭還嚴密。我記得柔石在年底曾回故鄉，住了好些時，到上海後很受朋友的責備。他悲憤的對我說，他的母親雙眼已經失明了，要他多住幾天，他怎麼能夠就走呢？

我知道這失明的母親的眷眷的心，柔石的拳拳的心。當《北斗》創刊時，我就想寫一點關於柔石的文章，然而不能夠，只得選了一幅珂勒惠支（Käthe Kollwitz）夫人的木刻，名曰《犧牲》，是一個母親悲哀地獻出她的兒子去的，算是只有我一個人心裡知道的柔石的紀念。

同時被難的四個青年文學家之中，李偉森我沒有會見過，胡也頻在上海也只見過一次面，談了幾句天。較熟的要算白莽，即殷夫了，他曾經和我通過信，投過稿，但現在尋起來，一無所得，想必是十七那夜統統燒掉了，那時我還沒有知道被捕的也有白莽。然而那本《彼得斐詩集》卻在的，翻了一遍，也沒有什麼，只在一首《Wahlspruch》（格言）的旁邊，有鋼筆寫的四行譯文道：

「生命誠寶貴，
愛情價更高；
若為自由故，
二者皆可拋！」

又在第二頁上，寫著「徐培根」[25]三個字，我疑心這是他的真姓名。

五

前年的今日，我避在客棧裡，他們卻是走向刑場了；去年的今日，我在炮聲中逃在英租界[26]，他們則早已埋在不知那裡的地下了；今年的今日，我才坐在舊寓裡，人們都睡覺了，連我的女人和孩子。我又沉重的感到我失掉了很好的朋友，中國失掉了很好的青年，我在悲憤中沉靜下去了，不料積習又從沉靜中抬起頭來，寫下了以上那些字。

要寫下去，在中國的現在，還是沒有寫處的。年輕時讀向子期《思舊賦》[27]，很怪他為什麼只有寥寥的幾行，剛開頭卻又煞了尾。然而，現在我懂得了。

不是年輕的為年老的寫記念，而在這三十年中，卻使我目睹許多青年的血，層層淤積起來，將我埋得不能呼吸，我只能用這樣的筆墨，寫幾句文章，算是從泥土中挖一個小孔，自己延口殘喘，這是怎樣的世界呢。夜正長，路也正長，我不如忘卻，不說的好罷。但我知道，即使不是我，將來總會有記起他們，再說他們的時候的。……

二月七——八日。

【注釋】

1 本篇最初發表於一九三三年四月一日《現代》第二卷第六期。

2 指李偉森、柔石、胡也頻、馮鏗（女）、殷夫。他們都是「左聯」成員，也都是中國共產黨黨員。李偉森被捕時在中共中央宣傳部工作，其他四人被捕時都是「左聯」負責工作人員。一九三一年一月十七日，他們為反對王明等人召集的中共六屆四中全會，在上海東方旅館參加集會時被捕。同年二月七日，被秘密殺害於龍華。
李偉森（一九〇三—一九三一），又名求實，湖北武昌人，編譯有《朵思退夫斯基》、《動蕩中的新俄農村》等。
柔石，參看本書第五十七頁注6。
胡也頻（一九〇五—一九三一），福建福州人，作品有小說《到莫斯科去》、《光明在我們的前面》等。
馮鏗（一九〇七—一九三一），又名嶺梅，女，廣東潮州人，作品有小說《最後的出路》、《紅的日記》等。
殷夫（一九〇九—一九三一），即白莽，原名徐白，浙江象山人，作品有新詩《孩兒塔》、《伏爾加的黑浪》等，生前未結集出版。

3 週刊，「左聯」領導的刊物。一九三一年三月十六日在上海創刊，一九三二年六月二十日停刊。主要報導文藝活動，也刊登作品。一九三一年三月三十日《文藝新聞》第三號以《在地獄或人世的作家？》為題，用讀者致編者信的形式，首先透露了柔石等「左聯」作家被捕遇害的消息。

4 即樓適夷，浙江餘姚人，作家、翻譯家。當時「左聯」成員。

5 彼得斐（一八二三—一八四九）通譯裴多菲，匈牙利愛國詩人。主要詩作有《勇敢的約翰》、《民族之歌》等。

6 文藝月刊，魯迅、郁達夫編輯。一九二八年六月在上海創刊，一九二九年十二月出至第二卷第五期停刊。

7 一八六七年德國出版的文學叢書。

8 日本東京一家出售西文書籍的書店。

9 當時上海公共租界裡的巡官，制服袖上綴有三道倒人字形標誌，被稱作「三道頭」。

10 方孝孺（一三五七—一四〇二）浙江寧海人，明建文帝朱允炆時的侍講學士、文學博士。建文四年（一四〇二），建文帝的叔父燕王朱棣起兵攻陷南京，自立為帝（即永樂帝），命他起草即位詔書；他堅決不從，遂遭殺害，被滅十族。

11 亦作朝花社。文學團體，主要成員有魯迅、柔石等。一九二八年十一月在上海成立。該社著力於東歐和北歐的進步文學作品和外國版畫。

12 朝花社繼《朝花週刊》後出版的文藝期刊，魯迅、柔石合編，一九二九年六月一日在上海創刊，同年九月二十一日出至第十二期停刊。

13 朝花社出版物之一，共出《奇劍及其他》和《在沙漠上》兩集，收入近代比利時、捷克、法國、匈牙利、俄國和蘇聯、猶太、南斯拉夫、西班牙等國家與民族的短篇小說二十四篇，分別出版於一九二九年四月和九月。

14 朝花社出版的外國美術叢刊。原定出十二輯，後來僅出《近代木刻選集（1）》、《蕗谷虹兒畫選》、《近代木刻選集（2）》、《比亞茲萊畫選》、《新俄畫選》五輯。後一輯編成時朝花社已結束，改由光華書局出版。

15 葉靈鳳（一九〇四—一九七五）江蘇南京人。作家和畫家。曾是創造社成員。他當時所畫的刊物封面和書籍插圖，常模仿甚至剽竊日本畫家蕗谷虹兒的作品。

16 語見《尚書．大禹謨》。

17 《丹麥短篇小說集》收柔石譯安徒生等人的作品十一篇，譯者署名金橋，曾列為《北歐文藝叢書》之四，一九二九年四月登過廣告，但未出版。一九三七年三月增入淡秋譯的六篇，由商務印書館出版。

18 現譯作《阿爾達莫諾夫家的事業》，柔石譯本題為《頹廢》，署名趙璜，一九三四年三月商務印書館出版。

19 文學月刊，蔣光慈編輯，一九三〇年一月創刊於上海，第三期起成為「左聯」刊物之一，一九三〇年五月出至第四、五期合刊後被查禁。

20 清代康熙年間的演義小說，題為錢彩編次，金豐增訂，共八十回。該書第六十一回寫鎮江金山寺道悅和尚，因同情岳飛，秦檜就派「家人」何立去抓他。他正在寺內「升座說法」，一見何立，便口占一偈死去。「坐化」，佛家語，佛家傳說有些高僧在臨終前盤膝端坐，安然而逝，稱作「坐化」。偈子，佛經中的唱詞，也泛指和尚的雋語。

21 佛家語。意為寂滅、解脫等，指佛和高僧的死亡，也叫圓寂。後來引伸作死的意思。

22 柔石被捕後，作者於一九三一年一月二十日和家屬避居黃陸路花園莊，二月二十八日回寓。

23 指王育和，浙江寧海人，當時是慎昌鐘表行的職員，和柔石同住閘北景雲里二十八號，柔石在獄中通過送飯人帶信給他，由他送周建人轉給作者。

24 指山本初枝（一八九八—一九六六）。據《魯迅日記》，一九三二年七月十一日，作者將此詩書成小幅，托內山書店寄給她。

25 白莽的哥哥，曾任國民黨政府的航空署長。

26 一二八戰爭時，作者的住所臨近戰區，一月三十日他和家屬暫避北四川路內山書店，二月六日遷居南京路內山書店支店，三月十九日返寓。

27 向秀（約二二七—二七二），字子期，魏晉時期文學家。他和嵇康、呂安友善。《思舊賦》是他在嵇、呂被司馬昭殺害後所作的哀悼文章，共一百五十六字（見《文選》卷十六）。

誰的矛盾[1]

蕭（George Bernard Shaw）[2]並不在周遊世界，是在歷覽世界上新聞記者們的嘴臉，應世界上新聞記者們的口試，——然而落了第。

他不願意受歡迎，見新聞記者，卻偏要歡迎他，訪問他，訪問之後，卻又都多少講些俏皮話。

他躲來躲去，卻偏要尋來尋去，尋到之後，大做一通文章，卻偏要說他自己善於登廣告。

他不高興說話，偏要同他去說話，他不多談，偏要拉他來多談，談得多了，報上又不敢照樣登載了，卻又怪他多說話。

他說的是真話，偏要說他是在說笑話，對他哈哈的笑，還要怪他自己倒不笑。

他說的是直話，偏要說他是諷刺，對他哈哈的笑，還要怪他自以為聰明。

他本不是諷刺家，偏要說他是諷刺家，而又看不起諷刺家，而又用了無聊的諷刺想來諷刺他一下。

他本不是百科全書，偏要當他百科全書，問長問短，問天問地，聽了回答，又嗚不平，好像自己原來比他還明白。

他本是來玩玩的，偏要逼他講道理，講了幾句，聽的又不高興了，說他是來「宣傳赤化」了。

有的看不起他，因為他不是一個馬克思主義文學者，然而倘是馬克思主義文學者，看不起他的人可就不要看他了。

有的看不起他，因為他不去做工人，然而倘若做工人，就不會到上海，看不起他的人可就看不見他了。

有的又看不起他，因為他不是實行的革命者，然而倘是實行者，就會和牛蘭[3]一同關在牢監裡，看不起他的人可就不願提他了。

他有錢，他偏講社會主義，他偏不去做工，他偏來遊歷，他偏到上海，他偏講革命，他偏談蘇聯，他偏不給人們舒服……

於是乎可惡。

身子長也可惡，年紀大也可惡，鬚髮白也可惡，不愛歡迎也可惡，逃避訪問也可惡，連和夫人的感情好也可惡。

然而他走了，這一位被人們公認為「矛盾」的蕭。

然而我想，還是熬一下子，姑且將這樣的蕭，當作現在的世界的文豪罷，嘮嘮叨叨，鬼鬼祟祟，是打不倒文豪的。而且為給大家可以嘮叨起見，也還是有他在著的好。

因為矛盾的蕭沒落時，或蕭的矛盾解決時，也便是社會的矛盾解決的時候，那可不是玩意兒也。

二月十九夜。

【注釋】

1 本篇最初發表於一九三三年三月一日《論語》第十二期。

2 蕭伯納（一八五六—一九五〇）英國劇作家、批評家。出生於愛爾蘭都柏林。早年參加過英國改良主義政治組織「費邊社」。他在第一次世界大戰爆發後，譴責帝國主義戰爭，同情俄國十月社會主義革命。一九三一年曾訪問蘇聯。但他始終未能擺脱資產階級改良主義的觀點。主要作品有劇本《華倫夫人的職業》、《巴巴拉少校》、《真相畢露》等，大都揭露和諷刺資本主義的偽善和罪惡。一九三三年他乘船周遊世界，二月十二日到香港，十七日到上海。

3 牛蘭（Naulen）即保羅·魯埃格（Paul Ruegg），原籍波蘭，「泛太平洋產業同盟」上海辦事處秘書，共產國際派駐中國的工作人員。一九三一年六月十七日牛蘭夫婦同在上海被國民黨政府拘捕，送往南京監禁，次年七月一日以「危害民國」罪受審。牛蘭不服，於七月二日起進行絕食鬥爭。宋慶齡、蔡元培等曾組織「牛蘭夫婦營救委員會」營救。一九三七年日本侵佔南京前夕出獄。

看蕭和「看蕭的人們」記[1]

我是喜歡蕭的。這並不是因為看了他的作品或傳記，佩服得喜歡起來，僅僅是在什麼地方見過一點警句，從什麼人聽說他往往撕掉紳士們的假面，這就喜歡了他了。還有一層，是因為中國也常有模仿西洋紳士的人物的，而他們卻大抵不喜歡蕭。被我自己所討厭的人們所討厭的人，我有時會覺得他就是好人物。

現在，這蕭就要到中國來，但特地搜尋著去看一看的意思倒也並沒有。

十六日的午後，內山完造[2]君將改造社的電報給我看，說是去見一見蕭怎麼樣。我就決定說，有這樣地要我去見一見，那就見一見罷。

十七日的早晨，蕭該已在上海頓陸了，但誰也不知道他躲著的處所。這樣地過了好半天，好像到底不會看見似的。到了午後，得到蔡先生[3]的信，說蕭現就在孫夫人[4]的家裡吃午飯，教我趕緊去。

我就跑到孫夫人的家裡去。一走進客廳隔壁的一間小小的屋子裡，蕭就坐在圓桌的上首，和別的五個人在吃飯。因為早就在什麼地方見過照相，聽說是世界的名人的，所以便電光一般覺得是文豪，而其實是什麼標記也沒有。但是，雪白的鬚髮，健康的血色，和氣的面貌，我想，倘若作為肖像畫的模範，倒是很出色的。

午餐像是吃了一半了。是素菜，又簡單。白俄的新聞上，曾經猜有無數的侍者，但只有一個廚子在搬菜。

蕭吃得並不多，但也許開始的時候，已經很吃了一通了也難說。到中途，他用起筷子來了，很不順手，總是夾不住。然而令人佩服的是他竟逐漸巧妙，終於緊緊的夾住了一塊什麼東西，於是得意的遍看著大家的臉，可是誰也沒有看見這成功。

在吃飯時候的蕭，我毫不覺得他是諷刺家。談話也平平常常。例如說：朋友最好，可以久遠的往還，父母和兄弟都不是自己自由選擇的，所以非離開不可之類。

午餐一完，照了三張相。並排一站，我就覺得自己的矮小了。雖然心裡想，假如再年輕三十年，我得來做伸長身體的體操……。

兩點光景，筆會（Pen Club）[5]有歡迎。也趁了摩托車一同去看時，原來是在叫作「世界學院」的大洋房裡。走到樓上，早有為文藝的文藝家，民族主義文學家，交際明星，伶界大王等等，大約五十個人在那裡了。合起圍來，向他質問各色各樣的事，好像翻檢《大英百科全書》似的。

蕭也演說了幾句：諸君也是文士，所以這玩藝兒是全都知道的。至於扮演者，則因為是實行的，所以比起自己似的只是寫寫的人來，還要更明白。此外還有什麼可說的呢。總之，今天就如看看動物園裡的動物一樣，現在已經看見了，這就可以了吧。云云。

大家都哄笑了，大約又以為這是諷刺。

也還有一點梅蘭芳博士[6]和別的名人的問答，但在這裡，略之。

此後是將贈品送給蕭的儀式。這是由有著美男子之譽的邵洵美[7]君拿上去的，是泥土做的戲子的臉譜的小模型，收在一個盒子裡。還有一種，聽說是演戲用的衣裳，但因為是用紙包好了的，所以沒有見。蕭很高興的接受了。據張若谷[8]君後來發表出來的文章，則蕭還問了幾句話，張君也刺了他一下，可惜蕭不聽見云。但是，我實在也沒有聽見。

有人問他菜食主義的理由。這時很有了幾個來照照相的人，我想，我這煙卷的煙是不行的，便走到外面的屋子去了。

還有面會新聞記者的約束，三點光景便又回到孫夫人的家裡來。早有四、五十個人在等候了，但放進的卻只有一半。首先是木村毅[9]君和四五個文士，新聞記者是中國的六人，英國的一人，白俄一人，此外還有照相師三四個。

在後園的草地上，以蕭為中心，記者們排成半圓陣，替代著世界的周遊，開了記者的嘴臉展覽會。蕭又遇到了各色各樣的質問，好像翻檢《大英百科全書》似的。

蕭似乎並不想多話。但不說，記者們是絕不干休的，於是終於說起來了，說得一多，這回是記者那面的筆記的分量，就漸漸的減少了下去。

我想，蕭並不是真的諷刺家，因為他就會說得那麼多。

試驗是大約四點半鐘完結的。蕭好像已經很疲倦，我就和木村君都回到內山書店裡去了。

第二天的新聞，卻比蕭的話還要出色得遠遠。在同一的時候，同一的地方，聽著同一的話，寫了出來的記事，卻是各不相同的。似乎英文的解釋，也會由於聽者的耳朵，而變換花樣。例如，關於中國的政府罷，英字新聞[10]的蕭，說的是中國人應該挑選自己們所佩服的人，作為統治者；日本字新聞[11]的蕭，說的是中國政府有好幾個；漢字新聞[12]的蕭，說的是凡是好政府，總不會得人民的歡心的。

從這一點看起來，蕭就並不是諷刺家，而是一面鏡。

但是，在新聞上的對於蕭的評論，大體是壞的。人們是各各去聽自己所喜歡的，有益的諷刺去的，而同時也給聽了自己所討厭的，有損的諷刺。於是就各各用了諷刺來諷刺道，蕭不過是一個諷刺家而已。

在諷刺競賽這一點上，我以為還是蕭這一面偉大。

我對於蕭，什麼都沒有問；蕭對於我，也什麼都沒有問。不料木村君卻要我寫一篇蕭的印象記。別人做的印象記，我是常看的，寫得彷彿一見便窺見了那人的真心一般，我實在佩服其觀察之鋭敏。至於自己，卻連相書也沒有翻閱過，所以即使遇見了名人罷，倘要我滔滔的來說印象，可就窮矣了。

但是，因為是特地從東京到上海來要我寫的，我就只得寄一點這樣的東西，算是一個對付。

一九三三年二月二十三夜。

（三月二十五日，許霞譯自《改造》四月特輯，更由作者校定。）

【注釋】

1 本篇為日本改造社特約稿，原係日文，發表於一九三三年四月號《改造》。後由許霞（許廣平）譯成中文，經作者校定，發表於一九三三年五月一日《現代》第三卷第一期。

2 內山完造（一八八五—一九五九）日本人，當時在上海開設主要出售日文書籍的內山書店。一九二七年十月他與魯迅結識後常有交往。

3 即蔡元培（一八六八—一九四〇），字鶴卿，號孑民，浙江紹興人。近代教育家。當時是中國民權保障同盟領導人之一。

4 即宋慶齡，廣東文昌人，政治家。

5 帶有國際性的著作家團體，一九二一年在倫敦成立。中國分會由蔡元培任理事長，一九二九年十二月成立於上海，後來自行渙散。

6 梅蘭芳（一八九四—一九六一），京劇演員。一九三〇年他赴美訪問時，美國波摩那大學及南加州大學曾授予他文學博士的榮譽學位。

7 邵洵美（一九〇六—一九六八）浙江餘姚人。曾出資創辦金屋書店，主編《金屋月刊》，提倡唯美主義文學。著有詩集《花一般的罪惡》等。

8 張若谷，江蘇南匯（今屬上海）人，當時的文人。他在一九三三年二月十八日《大晚報》發表《五十分鐘和蕭伯納在一起》一文，其中記述給蕭伯納送禮時的情形說：「筆會的同人，派希臘式鼻子的邵洵美做代表，捧了一隻大的玻璃框子，裡面裝了十幾個北平土產的泥製優伶臉譜，紅面孔的關雲長，白面孔的曹操，長鬍子的老生，包紮頭的花旦，五顏六色，煞是好看。蕭老頭兒裝出似乎很有興味的樣子，指著一個長白鬍鬚和他有些相像的臉譜，微笑著問道：『這是不是中國的老爺？』『不是老爺，是舞臺上的老頭兒。』我對他說。他好像沒有聽見，仍舊笑嘻嘻地指著一個花旦的臉譜說：『她不是老爺的女兒吧？』」據張若穀自稱，他所說的「舞臺上的老頭兒」，是諷刺蕭伯納的。

9 當時日本改造社的記者。在蕭伯納將到上海時，他被派前來採訪，並約魯迅為《改造》雜誌撰寫關於蕭伯納的文章。

10 指上海《字林西報》一九三三年二月十八日一段報導：「回答著關於被壓迫民族和他們應當怎麼幹的問題，蕭伯納先生說：『他們應當自己解決自己的問題，中國也應當這樣幹。中國的民眾應當自己組織起來，並且，他們所要挑選的自己的統治者，不是什麼戲子或者封建的王公』」。

11 指上海《每日新聞》。一九三三年二月十八日的一段報導：「中國記者問：『對於中國政府的你的意見呢？』——『在中國，照我所知道，政府有好幾個，你是指那一個呀？』」

12 據《蕭伯納在上海》一書所引，當時上海有中文報紙曾報導蕭伯納的話說：「中國今日所需要者為良好政府，要知好政府及好官吏，絕非一般民眾所歡迎」。

《蕭伯納在上海》序[1]

現在的所謂「人」，身體外面總得包上一點東西，綢緞，氈布，紗葛都可以。就是窮到做乞丐，至少也得有一條破褲子；就是被稱為野蠻人的，小肚前後也多有了一排草葉子。要是在大庭廣眾之前自己脫去了，或是被人撕去了，這就叫作不成人樣子。

雖然不像樣，可是還有人要看，站著看的也有，跟著看的也有，紳士淑女們一齊掩住了眼睛，然而從手指縫裡偷瞥幾眼的也有，總之是要看看別人的赤條條，卻小心著自己的整齊的衣褲。

人們的講話，也大抵包著綢緞以至草葉子的，假如將這撕去了，人們就也愛聽，也怕聽。因為愛，所以圍攏來，因為怕，就特地給它起了一個對於自己們可以減少力量的名目，稱說這類的話的人曰「諷刺家」。

伯納・蕭一到上海，熱鬧得比泰戈爾[2]還厲害，不必說畢力涅克（Boris Pilniak）和穆杭（Paul Morand）了[3]，我以為原因就在此。

還有一層，是「專制使人們變成冷嘲」[4]，但這是英國的事情，古來只能「道路以目」[5]的人們是不敢的。不過時候也到底不同了，就要聽洋諷刺家來「幽默」一回，大家哈哈一下子。

還有一層，我在這裡不想提。

但先要提防自己的衣褲。於是各人的希望就不同起來了。蹩腳願意他主張拿拐杖，癩子希望他贊成戴帽子，塗了脂粉的想他諷刺黃臉婆，民族主義文學者要靠他來壓服了日本的軍隊。但結果如何呢？結果只要看嘮叨的多，就知道不見得十分圓滿了。

蕭的偉大可又在這地方。英系報，日系報，白俄系報，雖然造了一些謠言，而終於全都攻擊起來，就知道他絕不為帝國主義所利用。至於有些中國報，那是無須多說的，因為原是洋大人的跟丁。這跟也跟得長久了，只在「不抵抗」或

「戰略關係」上，這才走在他們軍隊的前面。

蕭在上海不到一整天，而故事竟有這麼多，倘是別的文人，恐怕不見得會這樣的。這不是一件小事情，所以這一本書，也確是重要的文獻。在前三個部門之中，就將文人，政客，軍閥，流氓，叭兒的各式各樣的相貌，都在一個平面鏡裡映出來了。說蕭是凹凸鏡，我也不以為確鑿。

餘波流到北平，還給大英國的記者一個教訓：他不高興中國人歡迎他。二十日路透電說北平報章多登關於蕭的文章，是「足證華人傳統的不感覺苦痛性」。[6]胡適[7]博士尤其超脫，說是不加招待，倒是最高尚的歡迎。

「打是不打，不打是打！」[8]

這真是一面大鏡子，真是令人們覺得好像一面大鏡子的大鏡子，從去照或不願去照裡，都裝模作樣的顯出了藏著的原形。在上海的一部分，雖然用筆和舌的還沒有北平的外國記者和中國學者的巧妙，但已經有不少的花樣。舊傳的臉譜本來也有限，雖有未曾收錄的，或後來發表的東西，大致恐怕總在這譜裡的了。

一九三三年二月二十八日燈下，魯迅。

【注釋】

1 本篇最初印入一九三三年三月上海野草書屋出版的《蕭伯納在上海》。《蕭伯納在上海》，樂雯（瞿秋白）編譯，輯入上海中外報紙對於蕭在上海停留期間的記載和評論。在該書的《寫在前面》中說，編譯這書的主要用意，是把它「當作一面平面鏡子，在這裡，可以看看真的蕭伯納和各種人物自己的原形。」

2 泰戈爾（一八六一—一九四一）一九二四年四月曾來我國訪問。

3 畢力涅克（一八九四—一九四一），又譯皮涅克，蘇聯革命初期的「同路人」作家。一九二六年曾來我國。

4 英國哲學家約翰·穆勒（一八〇六—一八七三）的話。

5 語見《國語·周語》：周厲王暴虐無道，「國人莫敢言，道路以目。」據三國時吳國韋昭注：「不敢發言，以目相眄而已」。

6 一九三三年二月二十日，蕭伯納由上海到北平，同日英國路透社發出電訊說：「政府機關報（按指國民黨政府的報紙）今晨載有大規模之戰事正在發展中之消息，而仍以廣大之篇幅載蕭伯納抵北事，聞此足證華人傳統的不感覺痛苦性。」

7 胡適的話，見一九三三年二月二十日路透社另一電訊：「胡適之於蕭氏抵平之前夕發表一文，其言曰，余以為對於特客如蕭伯納者之最高尚的歡迎，無過於任其獨來獨往，聽渠晤其所欲晤者，見其所欲見者云。」

8 見宋代張耒《明道雜誌》：「殿中丞丘浚，多言人也。嘗在杭謁珊禪師。珊見之殊傲。俄頃，有州將子弟來謁，珊降階接禮甚恭。浚不能平。子弟退，乃問珊曰：『和尚接浚甚倣，而接州將子弟乃爾恭耶？』珊曰：『接是不接，不接是接。』浚勃然起，摑珊數下，乃徐曰：『和尚莫怪，打是不打，不打是打。』」

由中國女人的腳，推定中國人之非中庸，又由此推定孔夫子有胃病[1]

——「學匪」[2]派考古學之一

古之儒者不作興談女人，但有時總喜歡談到女人。例如「纏足」罷，從明朝到清朝的帶些考據氣息的著作中，往往有一篇關於這事起源的遲早的文章。為什麼要考究這樣下等事呢，現在不說他也罷，總而言之，是可以分為兩大派的，一派說起源早，一派說起源遲。說早的一派，看他的語氣，是贊成纏足的，事情愈古愈好，所以他一定要考出連孟子的母親，也是小腳婦人的證據來。說遲的一派卻相反，他不大恭維纏足，據說，至早，亦不過起於宋朝的末年。

其實，宋末，也可以算得古的了。不過不纏之足，樣子卻還要古，學者應該「貴古而賤今」，斥纏足者，愛古也。但也有失懷了反對纏足的成見，假造證據的，例如前明才子楊升庵先生，他甚至於替漢朝人做《雜事秘辛》[3]來證明那時的腳是「底平趾斂」。

於是又有人將這用作纏足起源之古的材料，說既然「趾斂」，可見是纏的了。但這是自甘於低能之談，這裡不加評論。

照我的意見來說，則以上兩大派的話，是都錯，也都對的。現在是古董出現的多了，我們不但能看見漢唐的圖畫，也可以看到晉唐古墳裡發掘出來的泥人兒。那些東西上所表現的女人的腳上，有圓頭履，有方頭履，可見是不纏足的。古人比今人聰明，她絕不至於纏小腳而穿大鞋子，裡面塞些棉花，使自己走得一步一拐。

但是，漢朝就確已有一種「利屣」[4]，頭是尖尖的，平常大約未必穿罷，舞的時候，卻非此不可。不但走著爽利，「潭腿」[5]似的踢開去之際，也不至於為裙子所礙，甚至於踢下裙子來。那時太太們固然也未始不舞，但舞的究以倡女為多，所以倡伎就大抵穿著「利屣」，穿得久了，也免不了要「趾斂」的。

然而伎女的裝束，是閨秀們的大成至聖先師[6]，這在現在還是如此，常穿利屣，即等於現在之穿高跟皮鞋，可以儼然居炎漢[7]「摩登女郎」之列，於是乎雖是名門淑女，腳尖也就不免尖了起來。先是倡伎尖，後是摩登女郎尖，再後是大家閨秀尖，最後才是「小家碧玉」[8]一齊尖。待到這些「碧玉」們成了祖母時，就入於利屣制度統一腳壇的時代了。

當民國初年，「不佞」觀光北京的時候，聽人說，北京女人看男人是否漂亮（自按：蓋即今之所謂「摩登」也）的時候，是從腳起，上看到頭的。所以男人的鞋襪，也得留心，腳樣更不消說，當然要弄得齊齊整整，這就是天下之所仁有「包腳布」的原因。

倉頡[9]造字，我們是知道的，誰造這布的呢，卻還沒有研究出。但至少是「古已有之」，唐朝張族鳥作的《朝野僉載》[10]罷，他說武后朝有一位某男士，將腳裹得窄窄的，人們見了都發笑。可見盛唐之世，就已有了這一種玩意兒，不過還不是很極端，或者還沒有很普及。然而好像終於普及了。由宋至清，綿綿不絕，民元革命以後，革了與否，我不知道，因為我是專攻考「古」學的。

然而奇怪得很，不知道怎的（自按：此處似略失學者態度），女士們之對於腳，尖還不夠，並且勒令它「小」起來了，最高模範，還竟至於以三寸為度。這麼一來，可以不必兼買利屣和方頭履兩種，從經濟的觀點來看，是不算壞的，可是從衛生的觀點來看，卻未免有些「過火」，換一句話，就是「走了極端」了。

我中華民族雖然常常的自命為愛「中庸」[11]，行「中庸」的人民，其實是頗不免於過激的。譬如對於敵人罷，有時是壓服不夠，還要「除惡務盡」[12]，殺掉不夠，還要「食肉寢皮」。但有時候，卻又謙虛到「侵略者要進來，讓他們進來。也許他們會殺了十萬中國人。不要緊，中國人有的是，我們再有人上去」。這真教人會猜不出是真癡還是假呆。

而女人的腳尤其是一個鐵證，不小則已，小則必求其三寸，寧可走不成路，擺擺搖搖。慨自辮子肅清以後，纏足本已一同解放的了，老新黨的母親們，鑒於自己在皮鞋裡塞棉花之麻煩，一時也確給她的女兒留了天足。

然而我們中華民族是究竟有些「極端」的，不多久，老病復發，有些女士們已在別想花樣，用一枝細黑柱子將腳跟支起，叫它離開地球。她到底非要她的腳變把戲不可。由過去以測將來，則四朝（假如仍舊有朝代的話）之後，全國女人的腳趾都和小腿成一直線，是可以有八九成把握的。

然則聖人為什麼大呼「中庸」呢？曰：這正因為大家並不中庸的緣故。人必有所缺，這才想起他所需。窮教員養不活老婆了，於是覺到女子自食其力說之合理，並且附帶地向男女平權論點頭；富翁胖到要發哮喘病了，才去打高爾夫球，從此主張運動的緊要。我們平時，是絕不記得自己有一個頭，或一個肚子，應該加以優待的，然而一旦頭痛肚瀉，這才記起了它們，並且大有休息要緊，飲食小心的議論。倘有誰聽了這些議論之後，便貿貿然決定這議論者為衛生家，可就失之十丈，差以億里了。

倒相反，他是不衛生家，議論衛生，正是他向來的不衛生的結果的表現。孔子曰，「不得中行而與之，必也狂狷乎，狂者進取，狷者有所不為也！」[13]以孔子交遊之廣，事實上沒法子只好尋狂狷相與，這便是他在理想上之所以哼著「中庸，中庸」的原因。

以上的推定假使沒有錯，那麼，我們就可以進而推定孔子晚年，是生了胃病的了。「割不正不食」[14]，這是他老先生的古板規矩，但「食不厭精，膾不厭細」的條令卻有些稀奇。他並非百萬富翁或能收許多版稅的文學家，想不至於這麼奢侈的，除了只為衛生，意在容易消化之外，別無解法。況且「不撤薑食」，又簡直是省不掉暖胃藥了。何必如此獨厚於胃，念念不忘呢？曰，以其有胃病之故也。

倘說：坐在家裡，不大走動的人們很容易生胃病，孔子周遊列國[15]，運動王公，該可以不生病證的了。那就是犯了知今而不知古的錯誤。蓋當時花旗白麵[16]尚未輸入，土磨麥粉，多含灰沙，所以分量較今麵為重；國道尚未修成，泥路甚多凹凸，孔子如果肯走，那是不大要緊的，而不幸他偏有一車兩馬。胃裡袋著沉重的麵食，坐在車子裡走著七高八低的道路，一顛一頓，一掀一墜，胃就被墜得大起來，消化力隨之減少，時時作痛；每餐非吃「生薑」不可了。所以那病的名目，該是「胃擴張」；那時候，則是「晚年」，約在周敬王十年以後。

以上的推定，雖然簡略，卻都是「讀書得間」的成功。但若急於近功，妄加猜測，即很容易陷於「多疑」的謬誤。例如罷，二月十四日《申報》載南京專電云：

「中執委會令各級黨部及人民團體製『忠孝仁愛信義和平』[17]匾額，懸掛禮堂中央，以資啟迪。」看了之後，切不可便推定為各要人譏大家為「忘八」[18]；三月一日《大晚報》[19]載新聞云：「孫總理夫人宋慶齡女士自歸國寓滬後，關於政治方面，不聞不問，惟對社會團體之組織非常熱心。據本報記者所得報告，前日有人由郵政局致宋女士之索詐信□（自按：原缺）件，業經本市當局派駐郵局檢查處檢查員查獲，當將索詐信截留，轉輾呈報市府。」

看了之後，也切不可便推定雖為總理夫人宋女士的信件，也常在郵局被當局派員所檢查。

蓋雖「學匪派考古學」，亦當不離於「學」，而以「考古」為限的。

三月四日夜。

【注釋】

1 本篇最初發表於一九三三年三月十六日《論語》第十三期，署名何干。

2 原是國家主義派對北京女子師範大學某些教員的指涉，見《國魂》旬刊第九期（一九二五年十二月三十日）姜華的《學匪與學閥》一文。

3 筆記小說，一卷，舊題無名氏撰，偽托為東漢佚書，實為明代楊慎（號升庵）作。寫東漢桓帝（劉志）選梁瑩為妃的故事。其中有一段描寫梁瑩的腳：「足長八寸，踁跗豐研，底平指斂，約縑迫襪，收束微如禁中。」楊慎在該書跋語中說：「予嘗搜考弓足原始，不得。及見『約縑迫襪，收束微如禁中』語，則纏足後漢已自有之。」按楊慎是持纏足起源較早一說的。

4 一種舞鞋。《史記．貨殖列傳》：「今夫趙女鄭姬，設形容，揳鳴琴，揄長袂，躡利屣，目挑心招。」

5 拳術的一種，相傳由清代山東龍潭寺的和尚創立，故稱。

6 指孔丘，清順治二年（一六四五）加謚孔丘為大成至聖文宣先師。

7 即漢代。過去陰陽家用金木水火土五行（也稱五德）相生相剋的循環變化來説明王朝更替；他們認為漢朝屬火，故稱「炎漢」。

8 語出南朝樂府《碧玉歌》：「碧玉小家女，不敢攀貴德」。碧玉原係人名，舊時常以「小家碧玉」稱小康人家的少女。

9 相傳為黃帝的史官，我國最初創造文字的人。

10 唐代張鷟作，內容係記載唐代的故事和瑣聞。按該書沒有魯迅所引一事的記載。

11 《論語．雍也》：「中庸之為德也，其至矣乎。」據宋代朱熹注：「中者，無過無不及之名也；庸，平常也。……程子曰：『不偏之謂中，不易之為庸。中者，天下之正道，庸者，天下之定理。』」

12 語出《尚書．泰誓》：「樹德欲滋，除惡務本。」「食肉寢皮」，語出《左傳》襄公二十一年：「然二子者，譬如禽獸，臣食其肉而寢處其皮矣。」

13 語見《論語．子路》。據宋代朱熹注：「行，道也。狂者，志極高而行不掩。狷者，知未及而守有餘。」

14 「割不正不食」、「食不厭精，膾不厭細」、「不撤薑食」等語，都見《論語．鄉黨》。

15 孔丘於魯定公十二年至魯哀公十一年（西元前四九八—前四八四）離開魯國，周遊宋、衛、陳、蔡、齊、楚等國，遊説諸侯，終不見用。

16 由美國進口的麵粉。美國國旗以星星和條紋的圖案組成，舊時上海等地以「花旗」代稱美國。

17 當時國民黨政客戴季陶等宣揚的所謂「八德」。國民黨教育部於一九三三年二月二十日宣布以此為「小學公民訓練標準」。

18 封建時代流行的俗語，指忘記了概括封建道德要義的「孝、悌、忠、信、禮、義、廉、恥」八個字的最後一個「恥」字，也即「無恥」的意思。

19 一九三二年二月十二日在上海創刊，張竹平創辦，後為財閥孔祥熙收買，一九四九年五月二十五日停刊。

我怎麼做起小說來？[1]

我怎麼做起小說來？——這來由，已經在《吶喊》的序文上，約略說過了。這裡還應該補敘一點的，是當我留心文學的時候，情形和現在很不同：在中國，小說不算文學，做小說的也決不能稱為文學家，所以並沒有人想在這一條道路上出世。我也並沒有要將小說抬進「文苑」裡的意思，不過想利用他的力量，來改良社會。

但也不是自己想創作，注重的倒是在紹介，在翻譯，而尤其注重於短篇，特別是被壓迫的民族中的作者的作品。因為那時正盛行著排滿論，有些青年，都引那叫喊和反抗的作者為同調的。所以「小說作法」之類，我一部都沒有看過，看短篇小說卻不少，小半是自己也愛看，大半則因了搜尋紹介的材料。也看文學史和批評，這是因為想知道作者的為人和思想，以便決定應否紹介給中國。和學問之類，是絕不相干的。

因為所求的作品是叫喊和反抗，勢必至於傾向了東歐，因此所看的俄國，波蘭以及巴爾幹諸小國作家的東西就特別多。也曾熱心的搜求印度、埃及的作品，但是得不到。記得當時最愛看的作者，是俄國的果戈理（N.Gogol）[2]和波蘭的顯克微支（H.Siekiewitz）[3]。日本的，是夏目漱石和森鷗外[4]。

回國以後，就辦學校，再沒有看小說的工夫了，這樣的有五六年。為什麼又開手了呢？——這也已經寫在《吶喊》的序文裡，不必說了。但我的來做小說，也並非自以為有做小說的才能，只因為那時是住在北京的會館[5]裡的，要做論文罷，沒有參考書，要翻譯罷，沒有底本，就只好做一點小說模樣的東西塞責，這就是《狂人日記》。大約所仰仗的全在先前看過的百來篇外國作品和一點醫學上的知識，此外的準備，一點也沒有。

但是《新青年》的編輯者，卻一回一回的來催，催幾回，我就做一篇，這裡我必得記念陳獨秀[6]先生，他是催促我做小說最著力的一個。

自然，做起小說來，總不免自己有些主見的。例如，說到「為什麼」做小說罷，我仍抱著十多年前的「啟蒙主義」，以為必須是「為人生」，而且要改良這人生。我深惡先前的稱小說為「閒書」，而且將「為藝術的藝術」[7]，看作不過是「消閒」的新式的別號。所以我的取材，多採自病態社會的不幸的人們中，意思是在揭出病苦，引起療救的注意。所以我力避行文的嘮叨，只要覺得夠將意思傳給別人了，就寧可什麼陪襯拖帶也沒有。中國舊戲上，沒有背景，新年賣給孩子看的花紙上，只有主要的幾個人（但現在的花紙卻多有背景了），我深信對於我的目的，這方法是適宜的，所以我不去描寫風月，對話也絕不說到一大篇。

我做完之後，總要看兩遍，自己覺得拗口的，就增刪幾個字，一定要它讀得順口；沒有相宜的白話，寧可引古語，希望總有人會懂，只有自己懂得或流自己也不懂的生造出來的字句，是不大用的。這一節，許多批評家之中，只有一個人看出來了，但他稱我為Stylist。[8]

所寫的事跡，大抵有一點見過或聽到過的緣由，但絕不全用這事實，只是採取一端，加以改造，或生發開去，到足以幾乎完全發表我的意思為止。人物的模特兒[9]也一樣，沒有專用過一個人，往往嘴在浙江，臉在北京，衣服在山西，是一個拼湊起來的腳色。有人說，我的那一篇是罵誰，某一篇又是罵誰，那是完全胡說的。

不過這樣的寫法，有一種困難，就是令人難以放下筆。一氣寫下去，這人物就逐漸活動起來，盡了他的任務。但倘有什麼分心的事情來一打岔，放下許久之後再來寫，性格也許就變了樣，情景也會和先前所預想的不同起來。例如我做的《不周山》，原意是在描寫性的發動和創造，以至衰亡的，而中途去看報章，見了一位道學的批評家[10]攻擊情詩的文章，心裡很不以為然，於是小說裡就有一個小人物跑到女媧的兩腿之間來，不但不必有，且將結構的宏大毀壞了。但這些處所，除了自己，大概沒有人會覺到的，我們的批評大家成仿吾[11]先生，還說這一篇做得最出色。

我想，如果專用一個人做骨幹，就可以沒有這弊病的，但自己沒有試驗過。

忘記是誰說的了，總之是，要極省儉的畫出一個人的特點，最好是畫他的眼睛。[12]我以為這話是極對的，倘若畫了全副的頭髮，即使細得逼真，也毫無意思。我常在學學這一種方法，可惜學不好。

可省的處所，我絕不硬添，做不出的時候，我也絕不硬做，但這是因為我那時別有收入，不靠賣文為活的緣故，不能作為通例的。

還有一層，是我每當寫作，一律抹殺各種的批評。因為那時中國的創作界固然幼稚，批評界更幼稚，不是舉之上天，就是按之入地，倘將這些放在眼裡，就要自命不凡，或覺得非自殺不足以謝天下的。批評必須壞處說壞，好處說好，才於作者有益。

但我常看外國的批評文章，因為他於我沒有恩怨嫉恨，雖然所評的是別人的作品，卻很有可以借鏡之處。但自然，我也同時一定留心這批評家的派別。

以上，是十年前的事了，此後並無所作，也沒有長進，編輯先生要我做一點這類的文章，怎麼能呢。拉雜寫來，不過如此而已。

三月五日燈下。

【注釋】

1 本篇最初印入一九三三年六月上海天馬書店出版的《創作的經驗》一書。

2 果戈理（一八〇九－一八五二）俄國作家。作品主要反映農奴制度下的俄國停滯落後的社會生活。著有劇本《欽差大臣》、長篇小說《死魂靈》等。

3 顯克微支（一八四六—一九一六）波蘭作家。作品主要反映波蘭農民的痛苦生活和波蘭人民反對異族侵略的鬥爭。著有歷史小說三部曲《火與劍》、《洪流》、《伏洛竇耶夫斯基先生》和中篇小說《炭畫》等。

4 夏目漱石（一八六七—一九一六）日本小說家，著有長篇小說《我是貓》、中篇小說《哥兒》等。森鷗外（一八六二—一九二二），日本小說家、文學評論家，著有小說《舞姬》等。

5 指北京宣武門外南半截胡同的「紹興縣館」。一九一二年五月至一九一九年十一月作者曾在此寄住。

6 陳獨秀（一八八〇—一九四二）字仲甫，安徽懷寧人，原為北京大學教授，《新青年》雜誌的創辦人，「五四」時期提倡新文化運動的主要人物。中國共產黨成立後任黨的總書記，第一次國內革命戰爭後期，推行右傾投降主義路線，致使革命遭到失敗；以後他成為取消主義者，並與托洛茨基分子相勾結，成立反黨小組織，一九二九年十一月被開除出黨。「五四」時期，他在致周作人的函件中，極力敦促魯迅從事小說寫作，如一九二〇年三月十一日信：「我們很盼望豫才先生為《新青年》創作小說，請先生告訴他。」又八月二十二日信：「魯迅兄做的小說，我實在五體投地的佩服。」

7 最早由十九世紀法國作家戈蒂葉提出的一種資產階級文藝觀點（見《莫班小姐》序）。它認為藝術應該超越一切功利而存在，創作的目的在於藝術本身，與社會政治無關。

8 英語：文體家。作者這裡所指似為黎錦明。黎在《論體裁描寫與中國新文藝》（見《文學周報》第五卷第二期，一九二八年二月合訂本）一文中說：「西歐的作家對於體裁，是其第一安到著作的路的門徑，還竟有所謂體裁家（Stylist）者。……我們的新文藝，除開魯迅葉紹鈞二三人的作品還可見到有體裁的修養外，其餘大都似乎隨意的把它掛在筆頭上。」

9 英語 Model 的音譯，原意是模型，這裏指文學作品中人物的原型。

10 指胡夢華。他在一九二二年十月二十四日《時事新報・學燈》上發表《讀了〈蕙的風〉以後》，攻擊汪靜之作的詩集《蕙的風》，認為其中某些情詩是「墮落輕薄」的作品，有「不道德的嫌疑」。參看《熱風．反對「含淚」的批評家》。

11 成仿吾，湖南新化人，創造社主要成員。他在《創造》季刊第二卷第二期（一九二四年一月）發表《〈吶喊〉的評論》，其中說《吶喊》中的《狂人日記》、《孔乙己》、《藥》、《阿Q正傳》等都是「淺薄」、「庸俗」的「自然主義」作品，只有《不周山》（後改名為《補天》，收入《故事新編》）一篇，是可以進入「純文藝的宮庭」的「傑作」。

12 這是東晉畫家顧愷之的話，見南朝宋劉義慶《世說新語．巧藝》：「顧長康（按即顧愷之）畫人，或數年不點目睛。人問其故，顧曰：『四體妍蚩，本無關於妙處；傳神寫照，正在阿堵中。』」阿堵，當時俗語：這個。

關於女人[1]

國難期間，似乎女人也特別受難些。一些正人君子責備女人愛奢侈，不肯光顧國貨。就是跳舞，肉感等等，凡是和女性有關的，都成了罪狀。彷彿男人都做了苦行和尚，女人都進了修道院，國難就會得救似的。

其實那不是女人的罪狀，正是她的可憐。這社會制度把她擠成了各種各式的奴隸，還要把種種罪名加在她頭上。西漢末年，女人的「墮馬髻」，「愁眉啼妝」[2]，也說是亡國之兆。其實亡漢的何嘗是女人！不過，只要看有人出來唉聲嘆氣的不滿意女人的妝束，我們就知道當時統治階級的情形，大概有些不妙了。

奢侈和淫靡只是一種社會崩潰腐化的現象，絕不是原因。私有制度的社會，本來把女人也當做私產，當做商品。一切國家，一切宗教都有許多稀奇古怪的規條，把女人看做一種不吉利的動物，威嚇她，使她奴隸般的服從；同時又要她做高等階級的玩具。正像現在的正人君子，他們罵女人奢侈，板起面孔維持風化，而同時正在偷偷地欣賞著肉感的大腿文化。

阿拉伯的一個古詩人[3]說：「地上的天堂是在聖賢的經書上，馬背上，女人的胸脯上。」這句話倒是老實的供狀。

自然，各種各式的賣淫總有女人的份。然而買賣是雙方的。沒有買淫的嫖男，那裡會有賣淫的娼女。所以問題還在買淫的社會根源。這根源存在一天，也就是主動的買者存在一天，那所謂女人的淫靡和奢侈就一天不會消滅。男人是私有主的時候，女人自身也不過是男人的所有品。

也許是因此罷，她的愛惜家財的心或者比較的差些，她往往成了「敗家精」。何況現在買淫的機會那麼多，家庭裡的女人直覺地感覺到自己地位的危險。民國初年我就聽說，上海的時髦是從長三么二[4]傳到姨太太之流，從姨太太之流再傳到太太奶奶小姐。這些「人家人」，多數是不自覺地在和娼妓競爭，——自然，她們就要竭力修飾自己的身體，修飾到拉得住男子的心的一切。這修飾的代價是很貴的，而且一天一天的貴起來，不但是物質上的，而且還有精神上的。

美國一個百萬富翁說：「我們不怕共匪（原文無匪字，謹遵功令改譯），我們的妻女就要使我們破產，等不及工人來沒收。」中國也許是惟恐工人「來得及」，所以高等華人的男女這樣趕緊的浪費著，享用著，暢快著，那裡還管得到國貨不國貨，風化不風化。然而口頭上是必須維持風化，提倡節儉的。

四月十一日。

【注釋】

1 本篇最初發表於一九三三年六月十五日《申報月刊》第二卷第六號，署名洛文。
按本篇和下面一篇〈真假堂吉訶德〉以及《偽自由書》中的〈王道詩話〉、〈伸冤〉、〈曲的解放〉、〈迎頭經〉、〈出賣靈魂的秘訣〉、〈最藝術的國家〉、〈內外〉、〈透底〉、〈大觀園的人才〉，《准風月談》中的〈中國文與中國人〉等十二篇文章，都是一九三三年瞿秋白在上海時所作，其中有的是根據魯迅的意見或與魯迅交換意見後寫成的。魯迅對這些文章曾作過字句上的改動（個別篇改換了題目），並請人謄抄後，以自己使用的筆名，寄給《申報．自由談》等報刊發表，後來又分別將它們收入自己的雜文集。

2 見《後漢書．梁冀傳》：漢順帝時大將軍梁冀妻孫壽「色美而善為妖態，作愁眉啼（啼）妝、墮馬髻。」據唐代李賢注引《風俗通》說：「愁眉者，細而曲折；啼妝者，薄拭目下若啼處；墮馬髻者，側在一邊。」

3 指穆塔納比（Mutanabbi，九一五—九六五）。他在晚年寫了一首無題的抒情詩，最後四句是：「美麗的女人給了我短暫的幸福，後來一片荒漠就把我們隔斷開。世界上最好的地方——是騎在駿馬的鞍上。而經書——則時時刻刻是最好的伴侶！」

4 舊時上海妓院中妓女的等級名稱，頭等的叫做長三，二等的叫做么二。

真假堂吉訶德[1]

西洋武士道[2]的沒落產生了堂．吉訶德[3]那樣的戇大。他其實是個十分老實的書呆子。看他在黑夜裡仗著寶劍和風車開仗，的確傻相可掬，覺得可笑可憐。

然而這是真正的吉訶德。中國的江湖派和流氓種子，卻會愚弄吉訶德式的老實人，而自己又假裝著堂．吉訶德的姿態。《儒林外史》[4]上的幾位公子，慕遊俠劍仙之為人，結果是被這種假吉訶德騙去了幾百兩銀子，換來了一顆血淋淋的豬頭，——那豬算是俠客的「君父之仇」了。

真吉訶德的做傻相是由於自己愚蠢，而假吉訶德是故意做些傻相給別人看，想要剝削別人的愚蠢。

可是中國的老百姓未必都還這麼蠢笨，連這點兒手法也看不出來。

中國現在的假吉訶德們，何嘗不知道大刀不能救國，他們卻偏要舞弄著，每天「殺敵幾百幾千」的亂嚷，還有人「特製鋼刀九十九，去贈送前敵將士」[5]。可是，為著要殺豬起見，又捨不得飛機捐[6]，於是乎「武器不精良」的宣傳，一面作為節節退卻或者「誘敵深入」[7]的解釋，一面又借此搜括一些殺豬經費。可惜前有慈禧太后[8]，後有袁世凱，——清末的興復海軍捐建設了頤和園，民四的「反日」愛國儲金[9]，增加了討伐當時革命軍的軍需，——不然的話，還可以說現在發現了一個新發明。

他們何嘗不知道「國貨運動」[10]振興不了什麼民族工業，國際的財神爺扼住了中國的喉嚨，連氣也透不出，甚麼「國貨」都跳不出這些財神的手掌心。然而「國貨年」是宣布了，「國貨商場」是成立了，像煞有介事的，彷彿抗日救國全靠一些戴著假面具的買辦多賺幾個錢。這錢還是從豬狗牛馬身上剝削來的。不聽見「增加生產力」，「勞資合作共赴國難」的呼聲麼？原本不把小百姓當人看待，然而小百姓做了豬狗牛馬還是要負「救國責任」！結果，豬肉供給假吉訶德吃，而豬頭還是要斫下來，掛出去，以為「搗亂後方」者戒。

他們何嘗不知道什麼「中國固有文化」咒不死帝國主義，無論念幾千萬遍「不仁不義」或者金光明咒[11]，也不會觸發日本地震，使它陸沉大海。然而他們故意高喊恢復「民族精神」，彷彿得了什麼祖傳秘訣。意思其實很明白，是要小百姓埋頭治心，多讀修身教科書。

這固有文化本來毫無疑義：是岳飛式的奉旨不抵抗[12]的忠，是聽命國聯爺爺的孝，是斫豬頭，吃豬肉，而又遠庖廚[13]的仁愛，是遵守賣身契約的信義，是「誘敵深入」的和平。而且，「固有文化」之外，又提倡什麼「學術救國」，引證西哲菲希德[14]之言等類的居心，又何嘗不是如此。

假吉訶德的這些傻相，真教人哭笑不得；你要是把假癡假呆當做真癡真呆，當真認為可笑可憐，那就未免傻到不可救藥了。

四月十一日。

【注釋】

1　本篇最初發表於一九三三年六月十五日《申報月刊》第二卷第六號，署名洛文。

2　武士道原指日本幕府時代武士所遵守的封建道德（忠君、節義、勇武、堅忍等）。

西洋武士道，指西歐騎士精神。騎士，西歐中世紀封建時代的軍人，屬小封建主。他們標榜忠誠篤實，尚任俠，好冒險，崇尚愛情，艷羡貴婦。騎士盛行於十一至十四世紀，後因封建制解體和武器、戰術的改進，漸趨沒落。

3 西班牙作家塞萬提斯（一五四七—一六一六）所作長篇小說《唐吉訶德》的主要人物，他原是一個窮鄉紳，讀騎士傳奇著了迷，就改名唐吉訶德，妄想創造騎士的功蹟，結果鬧了許多笑話，吃了不少苦頭，最後狼狽回家死去。他仗著寶劍和風車打仗的事，見該書第八章。

4 長篇小說，清吳敬梓著，共五十五回。該書第十二回寫有婁姓兩公子被張鐵臂騙取白銀五百兩的事。

5 「特製鋼刀」的事，見一九三三年四月十二日《申報》：上海有個叫王述的人，特別定製大刀九十九把，捐贈給當時防守喜峰口等處的宋哲元部隊。

6 一九三三年一月，國民黨中央通過「舉辦航空救國飛機捐」等決議，稍後成立了以國民黨政府代理行政院長宋子文等四十多人組成的「全國航空建設會」，在各地募捐。

7 九一八事變後，國民黨政府採取「不抵抗」政策，不斷喪失國土，卻妄說是戰略上的「誘敵深入」。這類欺騙宣傳充斥於當時的反動報刊，如一九三三年二月六日南京《救國日報》的社論中就說：「浸使政府為戰略關係，須暫時放棄北平以便引敵深入聚而殲之……故吾主張政府應嚴厲責成張學良，使之以武力制止反對運動，若不得已，雖流血亦所不辭。」

8 慈禧太后（一八八五—一九〇八），滿族，即葉赫那拉氏，咸豐帝妃，同治繼位後被尊為太后，成為清末同治、光緒兩朝的實際統治者。一八八八年（光緒十四年），她把建設北洋艦隊的海軍經費八千萬兩白銀，移用於修建頤和園。

9 一九一五年（民國四年）五月九日，袁世凱接受了日本帝國主義提出的侵略中國的「二十一條」，北京、上海等地群眾為了反日救國，曾發起救國儲金，並成立了救國儲金團。但儲金團卻為袁世凱所把持，儲金存入當時他所控制的中國銀行和交通銀行，並被他挪用為活動帝制的經費。

10 一九三三年，上海工商界發起將該年定為「國貨年」，在元旦舉行遊行大會，並成立「國貨商場」和「中華國貨產銷合作協會」，出版《國貨週刊》，宣揚「國貨救國」。

11 指《金光明經》，佛經的一種。「九一八」以後，上海、北平等地國民黨「要人」紛紛聯名發起「金光明道場」之類的所謂「佛法救國」活動。一九三三年七月十六日上海《時事新報》以《發起金光明道場戴季陶先生之「經咒救國」》為題，報導了這類活動。

12 岳飛在抗金中戰功卓著，但主張議和的宋高宗（趙構）聽信內奸秦檜的讒言，在一天內連下十二道金牌把他從前線召回，並以「謀反」的罪名將他下獄處死。

13 語見《孟子．梁惠王》：「君子之於禽畜也，見其生不忍見甚死，聞其聲不忍食其肉，是以君子遠庖廚也。」

14 菲希德（J.G.Fichte，一七六二—一八一四）通譯費希特，德國唯心主義哲學家。著有《知識學基礎》、《人的天職》等。他主張用科技強化德意志民族，強調民族至上。

《守常全集》題記[1]

我最初看見守常[2]先生的時候，是在獨秀先生邀去商量怎樣進行《新青年》的集會上，這樣就算認識了。不知道他其時是否已是共產主義者。總之，給我的印象是很好的：誠實，謙和，不多說話。《新青年》的同人中，雖然也很有喜歡明爭暗鬥，扶植自己勢力的人，但他一直到後來，絕對的不是。

他的模樣是頗難形容的，有些儒雅，有些樸質，也有些凡俗。所以既像文士，也像官吏，又有些像商人。這樣的商人，我在南邊沒有看見過，北京卻有的，是舊書店或箋紙店的掌櫃。一九二六年三月十八日，段祺瑞們槍擊徒手請願的學生的那一次，他也在群眾中，給一個兵抓住了，問他是何等樣人。答說是

「做買賣的」。兵道：「那麼，到這裡來幹什麼？滾你的罷！」一推，他總算逃得了性命。

倘說教員，那時是可以死掉的。

然而到第二年，他終於被張作霖[3]們害死了。

段將軍的屠戮，死了四十二人，其中有幾個是我的學生，我實在很覺得一點痛楚；張將軍的屠戮，死的好像是十多人，手頭沒有記錄，說不清楚了，但我所認識的只有一個守常先生。在廈門[4]知道了這消息之後，橢圓的臉，細細的眼睛和鬍子，藍布袍，黑馬褂，就時時出現在我的眼前，其間還隱約看見絞首台。痛楚是也有些的，但比先前淡漠了。這是我歷來的偏見：見同輩之死，總沒有像見青年之死的悲傷。

這回聽說在北平公然舉行了葬式[5]，計算起來，去被害的時候已經七年了。這是極應該的。我不知道他那時被將軍們所編排的罪狀，——大概總不外乎「危害民國」罷。然而僅在這短短的七年中，事實就鐵鑄一般的證明了斷送民國的四省的並非李大釗，卻是殺戮了他的將軍！

那麼，公然下葬的寬典，該是可以取得的了。然而我在報章上，又看見北平當局的禁止路祭和捕拿送葬者的新聞。我也不知道為什麼，但這回恐怕是「妨害治安」了罷。倘其果然，則鐵鑄一般的反證，實在來得更加神速：看罷，妨害了北平的治安的是日軍呢還是人民！

但革命的先驅者的血，現在已經並不稀奇了。單就我自己說罷，七年前為了幾個人，就發過不少激昂的空論，後來聽慣了電刑，槍斃，斬決，暗殺的故事，神經漸漸麻木，毫不吃驚，也無言說了。我想，就是報上所記的「人山人海」去看梟首示眾的頭顱的人們，恐怕也未必覺得更興奮於看賽花燈的罷。血是流得太多了。

不過熱血之外，守常先生還有遺文在。不幸對於遺文，我卻很難講什麼話。因為所執的業，彼此不同，在《新青年》時代，我雖以他為站在同一戰線上的夥伴，卻並未留心他的文章，譬如騎兵不必注意於造橋，炮兵無須分神於馭馬，那時自以為尚非錯誤。所以現在所能說的，也不過：一，是他的理論，在現在看起來，當然未必精當的；二，是雖然如此，他的遺文卻將永住，因為這是先驅者的遺產，革命史上的豐碑。一切死的和活的騙子的一迭迭的集子，不是已在倒塌下來，連商人也「不顧血本」的只收二三折了麼？

以過去和現在的鐵鑄一般的事實來測將來，洞若觀火！

一九三三年五月二十九夜，魯迅謹記。

這一篇，是T先生[6]要我做的，因為那集子要在和他有關係的G書局出版。我誼不容辭，只得寫了這一點，不久，便在《濤聲》上登出來。但後來，聽說那遺集稿子的有權者另托C書局去印了，至今沒有出版，也許是暫時不會出版的罷，我雖然很後悔亂作題記的孟浪，但我仍然要在自己的集子裡存留，記此一件公案。

十二月三十一夜，附識。

【注釋】

1 本篇最初發表於一九三三年八月十九日《濤聲》第二卷第三十一期。李大釗的文稿經李樂光收集整理，其中三十篇於一九三三年輾轉交上海群眾圖書公司出版，題名《守常全集》，並約請魯迅作序，但在國民黨統治下未能出版。一九三九年四月北新書局以「社會科學研究社」名義印出初版，但當即為租界當局沒收。一九四九年七月仍由北新書局重印出書，改名為《守常文集》上冊。

2 李大釗（一八八九—一九二七），字守常，河北樂亭人，馬克思列寧主義在中國最初的傳播者，中國共產黨創始人之一。曾任北京《晨鐘報》總編輯、北京大學教授兼圖書館主任、《新青年》雜誌編輯等。他積極領導了五四運動。一九二一年中國共產黨成立後，一直負責北方區黨的工作。一九二四年他代表中國共產黨與孫中山商談國共合作，在幫助孫中山確定「聯俄、聯共、扶助農工」三大政策和改組國民黨的工作中起了重要作用。一九二七年四月六日在北京被奉系軍閥張作霖逮捕，二十八日與范鴻劼、路友于、譚祖堯、張挹蘭（女）等十九人同時遇害。

3 張作霖（一八七五—一九二八），北洋軍閥奉系首領，一九二四年打敗直系軍閥後，把持北洋政府。

4 這裡應作「在廣州」。作者於一九二七年一月十六日離開廈門，十八日到達廣州。

5 一九三三年四月，北平群眾在中國共產黨的發動和領導下，為李大釗舉行公葬。四月二十三日由宣武門外下斜街移柩赴香山萬安公墓，途經西四牌樓時，國民黨軍警特務即以「妨害治安」為名，禁止群眾送葬，並開槍射擊，送葬者有多人受傷，四十餘人當場被捕。

6 T先生指曹聚仁。G書局，指群眾圖書公司。C書局，指商務印書館。

談金聖歎[1]

講起清朝的文字獄[2]來，也有人拉上金聖歎[3]，其實是很不合適的。他的「哭廟」，用近事來比例，和前年《新月》[4]上的引據三民主義以自辯，並無不同，但不特撈不到教授而且至於殺頭，則是因為他早被官紳們認為壞貨了的緣故。就事論事，倒是冤枉的。

清中葉以後的他的名聲，也有些冤枉。他抬起小說傳奇來，和《左傳》《杜詩》並列，實不過拾了袁宏道[5]輩的唾餘；而且經他一批，原作的誠實之處，往往化為笑談，布局行文，也都被硬拖到八股[6]的作法上。這餘蔭，就使有一批人，墮入了對於《紅樓夢》[7]之類，總在尋求伏線，挑剔破綻的泥塘。

自稱得到古本，亂改《西廂》[8]字句的案子且不說罷，單是截去《水滸》[9]的後小半，夢想有一個「嵇叔夜」來殺盡宋江們，也就昏庸得可以。雖說因為痛恨流寇的緣故，但他是究竟近於官紳的，他到底想不到小百姓的對於流寇，只痛恨著一半：不在於「寇」，而在於「流」。

百姓固然怕流寇，也很怕「流官」。記得民元革命以後，我在故鄉，不知怎地縣知事常常掉換了。每一掉換，農民們便愁苦著相告道：「怎麼好呢？又換了一隻空肚鴨來了！」他們雖然至今不知道「欲壑難填」的古訓，卻很明白「成則為王，敗則為賊」的成語，賊者，流著之王，王者，不流之賊也，要說得簡單一點，那就是「坐寇」。

中國百姓一向自稱「蟻民」，現在為便於譬喻起見，姑升為牛罷，鐵騎一過，茹毛飲血，蹄骨狼藉，倘可避免，他們自然是總想避免的，但如果肯放任他們自嚙野草，苟延殘喘，擠出乳來將這些「坐寇」餵得飽飽的，後來能夠比較的不復狼吞虎嚥，則他們就以為如天之福。所區別的只在「流」與「坐」，卻並不在「寇」與「王」。試翻明末的野史，就知道北京民心的不安，在李自成[10]入京的時候，是不及他出京之際的厲害的。

宋江據有山寨，雖打家劫舍，而劫富濟貧，金聖歎卻道應該在童貫高俅輩的爪牙之前，一個個俯首受縛，他們想不懂。所以《水滸傳》縱然成了斷尾巴蜻蜓，鄉下人卻還要看《武松獨手擒方臘》[11]這些戲。

不過這還是先前的事，現在似乎又有了新的經驗了。聽說四川有一隻民謠，大略是「賊來如梳，兵來如篦，官來如剃」的意思。汽車飛艇[12]，價值既遠過於大轎馬車，租界和外國銀行，也是海通以來新添的物事，不但剃盡毛髮，就是刮盡筋肉，也永遠填不滿的。正無怪小百姓將「坐寇」之可怕，放在「流寇」之上了。

事實既然教給了這些，僅存的路，就當然使他們想到了自己的力量。

五月三十一日。

【注釋】

1 本篇最初發表於一九三三年七月一日上海《文學》第一卷第一號。

2 清代康熙、雍正、乾隆時期，封建統治者為了禁錮人民的思想，防止和鎮壓漢族知識分子的反抗，往往故意從詩文著述中摘取字句，羅織罪名，構成冤獄。著名大獄有康熙年間的戴名世《南山集》之獄，雍正年間的呂留良、曾靜之獄，乾隆年間的胡中藻《堅磨生詩鈔》之獄等。

3金聖歎（一六〇八－一六六一）名人瑞，原姓張，名采，吳縣（今屬江蘇）人，明末清初文人。曾批改《西廂記》、《水滸傳》等。據清代王應奎《柳南隨筆》載：清順治十八年（一六六一），「大行皇帝（按指順治）遺詔至蘇，巡撫以下，大臨府治。諸生從而訐吳縣令不法事，巡撫朱國治方翱令，於是諸生被繫者五人。翌日諸生群哭於文廟，復逮繫至十三人，俱劾大不敬，而聖歎與焉。當是時，海寇入犯江南，衣冠陷賊者，坐反叛，興大獄。廷議遣大臣即訊並治諸生，及獄具，聖歎與十七人俱傳會逆案坐斬，家產籍沒入官。聞聖歎將死，大嘆詫曰：『斷頭，至痛也。籍家，至慘也。而聖歎以不意得之，大奇！』於是一笑受刑，其妻子亦遣戍邊塞云。」

4綜合性月刊，一九二八年三月由胡適、徐志摩、梁實秋等人在上海創辦，取名於泰戈爾的詩集《新月集》，該刊鼓吹「英國式的民主」。一九二九年六月，胡適在《新月》第二卷第四號發表了《知難，行亦不易》、《人權與約法》，受到國民黨的警戒；一九三一年該刊第三卷第八期發表羅隆基的《對訓政時期約法的批評》，新月書店的北平分店受到查抄。

5袁宏道（一五六八－一六一〇）字中郎，湖廣公安（今屬湖北）人，明代文學家。他在《觴政》等文中肯定了小說、戲曲、民歌的地位，在《狂言》裡的《讀書》詩中，把《離騷》、《莊子》、《西廂》、《水滸》和《焚書》並列。金聖歎也曾以《離騷》為第一才子書，《南華經》（《莊子》）為第二才子書，《史記》為第三才子書，《杜詩》為第四才子書，《水滸》為第五才子書，《西廂記》為第六才子書。

6明清科舉考試制度所規定的一種公式化文體，每篇分破題、承題、起講、入手、起股、中股、後股、束股八個部分，所以叫八股。

7《紅樓夢》，清曹雪芹著。

8全名《崔鶯鶯待月西廂記》，雜劇，元代王實甫作。金聖歎在批註《西廂》時，曾參校徐文長、徐士范、王伯良等較早的刻本，作了一些有根據的改動，但有些卻是主觀妄改的，如將篇末「謝當今盛明唐聖主」改為「謝當今垂簾雙聖主」，則更是為了奉承清順治皇帝及其母后而亂改的。

9《水滸傳》又名《忠義水滸傳》，元末明初施耐庵著。明中葉以後，《水滸傳》有百回和一百二十回多種版本流行。明崇禎十四年（一六四一）左右，金聖歎把《水滸》七十一回以後的章節全部刪去，另外偽造了一個「驚噩夢」的結局（盧俊義夢見知州「嵇叔夜」擊潰了梁山隊伍，並殺絕起義者一百零八人），又把第一回改為楔子，成為七十回本。

10李自成（一六〇六—一六四五）陝西米脂人，明末農民起義軍領袖。崇禎二年（一六二九）起義，崇禎十七年（一六四四）三月攻入北京，推翻明王朝。後明將吳三桂勾引清兵入關，李兵敗退出北京。據清初彭孫貽《平寇志》等野史記載，李自成初進北京時，「貼安民榜云：『大帥臨城，秋毫無犯，敢有擅掠民財者，凌遲處死。』……民間大喜，安堵如故。」後來李自成退出北京時，「宮中火作，百姓知『賊』走，必肆屠僇，各運器物，縱橫堆塞胡同口，盡以木石支戶」。

11過去流行於民間的戲劇。按《水滸傳》百回和一百二十回本，擒方臘的是魯智深。

12當時對飛機的一種稱呼。

又論「第三種人」[1]

戴望舒[2]先生遠遠的從法國給我們一封通信，敘述著法國A•E•A•R（革命文藝家協會）得了紀德[3]的參加，在三月二十一日召集大會，猛烈的反抗德國法西斯諦的情形，並且紹介了紀德的演說，發表在六月號的《現代》上。

法國的文藝家，這樣的仗義執言的舉動是常有的：較遠，則如左拉[4]為德來孚斯打不平，法朗士[5]當左拉改葬時候的講演；較近，則有羅曼羅蘭的反對戰爭。但這回更使我感到真切的歡欣，因為問題是當前的問題，而我也正是憎惡法西斯諦的一個。

不過戴先生在報告這事實的同時，一併指明了中國左翼作家的「愚蒙」和像軍閥一般的橫暴，我卻還想來說幾句話。但希望不要誤會，以為意在辯解，希圖中國也從所謂「第三種人」得到對於德國的被壓迫者一般的聲援，——並不是的。中國的焚禁書報，封閉書店，囚殺作者，實在還遠在德國的白色恐怖以前，而且也得到過世界的革命的文藝家的抗議了。[6]我現在要說的，不過那通然裡的必須指出的幾點。

那通信敘述過紀德的加入反抗運動之後，說道——

「在法國文壇中，我們可以說紀律是『第三種人』，……自從他在一八九一年……起，一直到現在為止，他始終是一個忠實於他的藝術的人。然而，忠實於自己的藝術的作者，不一定就是資產階級的『幫閒者』，法國的革命作家沒有這種愚蒙的見解（或者不如說是精明的策略），因此，在熱烈的歡迎之中，紀德便在群眾之間發言了。」

這就是說：「忠實於自己的藝術的作者」，就是「第三種人」，而中國的革命作家，卻「愚蒙」到指這種人為全是「資產階級的幫閒者」，現在已經由紀德證實，是「不一定」的了。這裡有兩個問題應該解答。

第一，是中國的左翼理論家是否真指「忠實於自己的藝術的作者」為全是

「資產階級的幫閒者」？

據我所知道，卻並不然。左翼理論家無論如何「愚蒙」，還不至於不明白「為藝術的藝術」在發生時，是對於一種社會的成規的革命，但待到新興的戰鬥的藝術出現之際，還拿著這老招牌來明明暗暗阻礙他的發展，那就成為反動，且不只是「資產階級的幫閒者」了。至於「忠實於自己的藝術的作者」，卻並未視同一律。因為不問那一階級的作家，都有一個「自己」，這「自己」，就都是他本階級的一分子，忠實於他自己的藝術的人，也就是忠實於他本階級的作者，在資產階級如此，在無產階級也如此。這是極顯明粗淺的事實，左翼理論家也不會不明白的。但這位——戴先生用「忠實於自己的藝術」來和「為藝術的藝術」掉了一個包，可真顯得左翼理論家的「愚蒙」透頂了。

第二，是紀德是否真是中國所謂的「第三種人」？

我沒有讀過紀德的書，對於作品，沒有加以批評的資格。但我相信：創作和演說，形式雖然不同，所含的思想是絕不會兩樣的。我可以引出戴先生所紹介的演說裡的兩段來——「有人會對我說：『在蘇聯也是這樣的。』那是可能的事；但是目的卻是完全兩樣的，而且，為了要建設一個新社會起見，為了把發言權給與那些一向做著受壓迫者，一向沒有發言權的人們起見，不得已的矯枉過正也是免不掉的事。

「我為什麼並怎樣會在這裡贊同我在那邊所反對的事呢？那就是因為我在德國的恐怖政策中，見到了最可嘆最可憎的過去底再演，在蘇聯的社會創設中，我卻見到一個未來的無限的允約。」

這說得清清楚楚，雖是同一手段，而他卻因目的之不同而分為贊成或反抗。蘇聯十月革命後，側重藝術的「綏拉比翁的兄弟們」這團體，也被稱為「同路人」，但他們卻並沒有這麼積極。中國關於「第三種人」的文字，今年已經匯印了一本專書[7]，我們可以查一查，凡自稱為「第三種人」的言論，可有絲毫近似這樣的意見的麼？倘其沒有，則我敢決定地說，「不可以說紀德是『第三種人』」。

然而正如我說紀德不像中國的「第三種人」一樣，戴望舒先生也覺得中國的左翼作家和法國的大有賢愚之別了。他在參加大會，為德國的左翼藝術家同伸義憤之後，就又想起了中國左翼作家的愚蠢橫暴的行為。於是他臨末禁不住感慨——

「我不知道我國對於德國法西斯諦的暴行有沒有什麼表示。正如我們的軍閥一樣，我們的文藝者也是勇於內戰的。在法國的革命作家們和紀德攜手的時候，我們的左翼作家想必還在把所謂『第三種人』當作唯一的敵手吧！」

這裡無須解答，因為事實具在：我們這裡也曾經有一點表示[8]，但因為和在法國兩樣，所以情形也不同；刊物上也久不見什麼「把所謂『第三種人』當作唯一的敵手」的文章，不再內戰，沒有軍閥氣味了。戴先生的預料，是落了空的。

然而中國的左翼作家，這就和戴先生意中的法國左翼作家一樣賢明了麼？我以為並不這樣，而且也不應該這樣的。如果聲音還沒有全被削除的時候，對於「第三種人」的討論，還極有從新提起和展開的必要。

戴先生看出了法國革命作家們的隱衷，覺得在這危急時，和「第三種人」攜手，也許是「精明的策略」。但我以為單靠「策略」，是沒有用的，有真切的見解，才有精明的行為，只要看紀德的講演，就知道他並不超然於政治之外，絕不能貿貿然稱之為「第三種人」，加以歡迎，是不必別具隱衷的。不過在中國的所謂「第三種人」，卻還複雜得很。

所謂「第三種人」，原意只是說：站在甲乙對立或相鬥之外的人。但在實際上，是不能有的。人體有胖和瘦，在理論上，是該能有不胖不瘦的第三種人的，然而事實上卻並沒有，一加比較，非近於胖，就近於瘦。文藝上的「第三種人」也一樣，即使好像不偏不倚罷，其實是總有些偏向的，平時有意的或無意的遮掩起來，而一遇切要的事故，它便會分明的顯現。如紀德，他就顯出左向來了；別的人，也能從幾句話裡，分明的顯出。所以在這混雜的一群中，有的能和革命前進，共鳴；有的也能乘機將革命中傷，軟化，曲解。左翼理論家是有著加以分析的任務的。

如果這就等於「軍閥」的內戰，那麼，左翼理論家就必須更加繼續這內戰，而將營壘分清，拔去了從背後射來的毒箭！

六月四日。

【注釋】

1 本篇最初發表於一九三三年七月一日《文學》第一卷第一號。

2 戴望舒（一九〇五—一九五〇）浙江杭縣（今餘杭）人，詩人。著有詩集《望舒草》、《災難的歲月》等。他寫的《法國通訊——關於文藝界的反法西斯蒂運動》，載《現代》第三卷第二期（一九三三年六月）。

3 紀德（A.Gide，一八六九—一九五一）法國小說家。著有《窄門》、《地糧》、《田園交響曲》

等。一九三二年初發表《日記抄》，聲稱「對於現在及將來要發生的許多事件，尤其是蘇聯的狀態，抱著太深切的關心」，並表示了對馬克思主義的「興趣」。一九三六年發表《從蘇聯歸來》一書，攻擊蘇聯。

4 左拉（E.Zola，一八四〇—一九〇二）法國作家。著有長篇小說《萌芽》、《崩潰》、《娜娜》等。一八九四年，法國的猶太籍軍官德萊孚斯受到軍事當局誣告，以洩漏軍事機密罪被判處終身苦役。此事曾引起各界進步人士的不滿。一八九七年，左拉對此案的材料作了研究後，確信德萊孚斯的無辜，就給總統佛爾寫了一封《我控訴》的公開信，控訴法國政府、法庭和總參謀部違反法律和人權；由此他被判一年徒刑和罰金，因而逃往英國倫敦。

5 法朗士（A.France，一八四四—一九二四）法國作家，著有長篇小說《波納爾之罪》、《黛依絲》、《企鵝島》等。他曾和左拉一樣為德萊孚斯進行辯護。一九〇二年十月五日左拉安葬時，他發表演說，肯定左拉生前的正義行動，譴責當局對左拉的迫害。一九〇六年七月十九日德萊孚斯案件得到平反後，他又在法國「人權同盟」組織的向左拉「表示感謝並致敬」的群眾集會（在左拉墓前舉行）上發表第二次演說，稱左拉為「偉大的公民」，號召人們不要忘記陷害無辜者的罪人，要「沿著正義和善良的道路前進」。並向法國國會提出建立「左拉先賢祠」法案的要求。（法朗士：《社會生活三十年》）按左拉原葬於巴黎蒙瑪特公墓，後改葬於法國「先賢祠」。

6 一九三一年國民黨政府殺害了柔石等革命作家，當時國際革命作家如蘇聯法捷耶夫、法國巴比塞、美國果爾德等人都曾強烈抗議國民黨的暴行。

7 指蘇汶編的《文藝自由論辯集》。該書收入「第三種人」自己所寫的文章和別人批評「第三種人」的文章共二十篇，一九三三年三月上海現代書局出版。

8 一九三三年五月十三日，魯迅和宋慶齡、楊杏佛等，到上海德國領事館遞交《為德國法西斯壓迫民權摧殘文化的抗議書》，次日並將抗議書在《申報》上發表。

「蜜蜂」與「蜜」[1]

陳思先生：

看了《濤聲》上批評《蜜蜂》[2]的文章後，發生了兩個意見，要寫出來，聽聽專家的判定。但我不再來辯論，因為《濤聲》並不是打這類官司的地方。

村人火燒蜂群，另有緣故，並非階級鬥爭的表現，我想，這是可能的。但蜜蜂是否會於蟲媒花有害，或去害風媒花呢，我想，這也是可能的。

昆蟲有助於蟲媒花的受精，非徒無害，而且有益，就是極簡略的生物學上也都這樣說，確是不錯的。但這是在常態時候的事。假使蜂多花少，情形可就不同了，蜜蜂為了採粉或者救饑，在一花上，可以有數匹甚至十餘匹一湧而入，因為爭，將花瓣弄傷，因為餓，將花心咬掉，聽說日本的果園，就有遭了這種傷害的。它的到風媒花上去，也還是因為饑餓的緣故。這時釀蜜已成次要，它們是吃花粉去了。所以，我以為倘花的多少，足供蜜蜂的需求，就天下太平，否則，便會「反動」。譬如蟻是養護蚜蟲的，但倘將它們關在一處，又不另給食物，蟻就會將蚜蟲吃掉；人是吃米或麥的，然而遇著饑饉，便吃草根樹皮了。

中國向來也養蜂，何以並無此弊呢？那是極容易回答的：因為少。近來以養蜂為生財之大道，幹這事的愈多。然而中國的蜜價，遠遜歐美，與其賣蜜，不如賣蜂。又因報章鼓吹，思養蜂以獲利者輩出，故買蜂者也多於買蜜。因這緣故，就使養蜂者的目的，不在於使釀蜜而在於使繁殖了。但種植之業，卻並不與之俱進，遂成蜂多花少的現象，鬧出上述的亂子來了。

總之，中國倘不設法擴張蜂蜜的用途，及同時開辟果園農場之類，而一味出賣蜂種以圖目前之利，養蜂事業是不久就要到了絕路的。此信甚希發表，以冀有心者留意也。專此，順請

著安。

羅憮。六月十一日。

【注釋】

1 本篇最初發表於一九三三年六月十七日《濤聲》第二卷第二十三期，署名羅憮。

2 張天翼所作短篇小說。寫一個養蜂場因蜂多花少，致使蜂群傷害了農民的莊稼，引起群眾反抗的故事。小說發表後，陳思（曹聚仁）在《濤聲》第二卷第二十二期（一九三三年六月十日）寫了《「蜜蜂」》一文，其中說：「張天翼先生寫《蜜蜂》的原起，也許由於聽到無錫鄉村人火燒華繹之蜂群的故事。那是土豪劣紳地痞流氓敲詐不遂的報復舉動，和無錫農民全無關係；並且那一回正當苜蓿花開，蜂群採蜜，更有利於農事，農民絕不反對的。鄉村間的鬥爭，絕不是單純的勞資鬥爭，若不仔細分析鬥爭的成分，也要陷於錯誤的。希望張天翼先生看了我的話，實際去研究調查一下。」

經驗[1]

古人所傳授下來的經驗，有些實在是極可寶貴的，因為它曾經費去許多犧牲，而留給後人很大的益處。

偶然翻翻《本草綱目》[2]，不禁想起了這一點。這一部書，是很普通的書，但裡面卻含有豐富的寶藏。自然，捕風捉影的記載，也是在所不免的，然而大部分的藥品的功用，卻由歷久的經驗，這才能夠知道到這程度，而尤其驚人的是關於毒藥的敘述。

我們一向喜歡恭維古聖人，以為藥物是由一個神農皇帝[3]獨自嘗出來的，他曾經一天遇到過七十二毒，但都有解法，沒有毒死。這種傳說，現在不能主宰人心了。人們大抵已經知道一切文物，都是歷來的無名氏所逐漸的造成。建築，烹飪，漁獵，耕種，無不如此；醫藥也如此。這麼一想，這事情可就大起來了：大約古人一有病，最初只好這樣嘗一點，那樣嘗一點，吃了毒的就死，吃了不相干的就無效，有的竟吃到了對證的就好起來，於是知道這是對於某一種病痛的藥。

這樣地累積下去，乃有草創的紀錄，後來漸成為龐大的書，如《本草綱目》就是。而且這書中的所記，又不獨是中國的，還有阿拉伯人的經驗，有印度人的經驗，則先前所用的犧牲之大，更可想而知了。

然而也有經過許多人經驗之後，倒給了後人壞影響的，如俗語說「各人自掃門前雪，莫管他家瓦上霜」的便是其一。救急扶傷，一不小心，向來就很容易被人所誣陷，而還有一種壞經驗的結果的歌訣，是「衙門八字開，有理無錢莫進來」，於是人們就只要事不干己，還是遠遠的站開乾淨。

我想，人們在社會裡，當初是並不這樣彼此漠不相關的，但因豺狼當道，事實上因此出過許多犧牲，後來就自然的都走到這條道路上去了。所以，在中國，尤其是在都市裡，倘使路上有暴病倒地，或翻車摔傷的人，路人圍觀或甚至於高興的人盡有，肯伸手來扶助一下的人卻是極少的。這便是犧牲所換來的壞處。

總之，經驗的所得的結果無論好壞，都要很大的犧牲，雖是小事情，也免不掉要付驚人的代價。例如近來有些看報的人，對於什麼宣言，通電，講演，談話之類，無論它怎樣駢四儷六，崇論宏議，也不去注意了，甚而還至於不但不注意，看了倒不過做做嘻笑的資料。這那裡有「始制文字，乃服衣裳」[4]一樣重要呢，然而這一點點結果，卻是犧牲了一大片地面，和許多人的生命財產換來的。生命，那當然是別人的生命，偶是自己，就得不著這經驗了。所以一切經驗，是只有活人才能有的，我的絕不上別人譏刺我怕死[5]，就去自殺或拚命的當，而必須寫出這一點來，就為此。而且這也是小小的經驗的結果。

六月十二日。

【注釋】

1 本篇最初發表於一九三三年七月十五日《申報月刊》第二卷第七號，署名洛文。

2 明代醫藥學家李時珍撰寫的藥物學著作，共五十二卷。這書是他在長期實踐和實地調查的基礎上，吸取人民群眾的智慧和經驗，參考大量醫藥資料和有關文獻，費時近三十年才寫成的。

3 我國傳說中的古代帝王。據《淮南子．修務訓》：「古者民茹草飲水，採樹木之實，食蠃蛖之肉，時多疾病毒傷之害。於是神農乃始教民播種五穀，相土地宜燥濕肥土堯高下，嘗百草之滋味，水泉之甘苦，令民知所避就。當此之時，一日而遇七十毒。」

4 語見《千字文》。

5 梁實秋在《新月》第二卷第十一期發表的《魯迅與牛》一文，借一九三〇年四月八日中國自由運動大同盟為聲援四·三慘案（英國人在南京打死打傷中國工人的慘案）集會時，一工人被巡捕槍殺的事譏笑作者說：「自由運動大同盟即是魯迅先生領銜發起的，……這事發生之後，頗有人為魯迅先生擔心，因為不曉得流了『一灘鮮血』的究竟是那一位。……幸虧事實不久大明，死的不是『參加工農革命底實際行動』的『左翼作家』，是一位『勇敢的工人』……魯迅先生的『不賣肉主義』是老早言明在先的。」又法魯在一九三三年六月十一日《大晚報·火炬》發表的《到底要不要自由》中，也有這類含沙射影的話，參看《偽自由書·後記》。

諺語[1]

粗略的一想，諺語固然好像一時代一國民的意思的結晶，但其實，卻不過是一部分的人們的意思。現在就以「各人自掃門前雪，莫管他家瓦上霜」來做例子罷，這乃是被壓迫者們的格言，教人要奉公，納稅，輸捐，安分，不可怠慢，不可不平，尤其是不要管閒事；而壓迫者是不算在內的。

專制者的反面就是奴才，有權時無所不為，失勢時即奴性十足。孫皓[2]是特等的暴君，但降晉之後，簡直像一個幫閒；宋徽宗[3]在位時，不可一世，而被擄後偏會含垢忍辱。做主子時以一切別人為奴才，則有了主子，一定以奴才自命：這是天經地義，無可動搖的。

所以被壓制時，信奉著「各人自掃門前雪，莫管他家瓦上霜」的格言的人物，一旦得勢，足以凌人的時候，他的行為就截然不同，變為「各人不掃門前雪，卻管他家瓦上霜」了。

二十年來，我們常常看見：武將原是練兵打仗的，且不問他這兵是用以安內或攘外，總之他的「門前雪」是治軍，然而他偏來干涉教育，主持道德；教育家原是辦學的，無論他成績如何，總之他的「門前雪」是學務，然而他偏去膜拜「活佛」，紹介國醫。小百姓隨軍充案，童子軍沿門募款。頭兒胡行於上，蟻民亂碰於下，結果是各人的門前都不成樣，各家的瓦上也一團糟。

女人露出了臂膊和小腿，好像竟打動了賢人們的心，我記得曾有許多人絮絮叨叨，主張禁止過，後來也確有明文禁止了。[4]不料到得今年，卻又「衣服蔽體已足，何必前拖後曳，消耗布匹，……顧念時艱，後患何堪設想」起來，四川的營山縣長於是就令公安局派隊一一剪掉行人的長衣的下截。[5]

長衣原是累贅的東西，但以為不穿長衣，或剪去下截，即於「時艱」有補，卻是一種特別的經濟學。《漢書》上有一句云，「口含天憲」[6]，此之謂也。

某一種人，一定只有這某一種人的思想和眼光，不能越出他本階級之外。

說起來，好像又在提倡什麼犯諱的階級了，然而事實是如此的。謠諺並非全國民的意思，就為了這緣故。古之秀才，自以為無所不曉，於是有「秀才不出門，而知天下事」這自負的漫天大謊，小百姓信以為真，也就漸漸的成了諺語，流行開來。其實是「秀才雖出門，不知天下事」的。

秀才只有秀才頭腦和秀才眼睛，對於天下事，那裡看得分明，想得清楚。清末，因為想「維新」，常派些「人才」出洋去考察，我們現在看看他們的筆記罷，他們最以為奇的是什麼館裡的蠟人能夠和活人對面下棋。[7]南海聖人康有為[8]，佼佼者也，他周遊十一國，一直到得巴爾幹，這才悟出外國之所以常有「弑君」之故來了，曰：因為宮牆太矮的緣故。

六月十三日。

【注釋】

1 本篇最初發表於一九三三年七月十五日《申報月刊》第二卷第七號，署名洛文。

2 孫皓（二四二—二八三）三國時吳國最後的皇帝。據《三國志．吳書．三嗣主傳》，他在位時，「粗暴驕盈」，常無故殺戮臣子和宮人；降晉之後，被封為歸命侯，甘受戲弄。

《世說新語·排調》載：有一次，「晉武帝問孫皓：『聞南人好作《爾汝歌》，頗能為不？』皓正飲酒，因舉觴對帝而言曰：『昔與汝為鄰，今與汝為臣，上汝一杯酒，令汝壽萬春！』」

3 宋徽宗（一〇八二－一一八五）即趙佶，北宋皇帝。在位時，橫暴凶殘，驕奢淫侈；靖康二年（一一二七）為金兵所俘，被封為「昏德公」，宮眷被「沒為宮婢」。他雖備受侮辱，卻還不斷向「金主」稱臣，「具表稱謝」（見《靖康稗史·呻吟語》）。

4 一九三三年五月，廣西民政廳曾公布法令，凡女子服裝袖不過肘，裙不過膝者，均在取締之列。

5 當時四川軍閥楊森提倡「短衣運動」，他管轄下的營山縣縣長羅象翥曾發布《禁穿長衫令》。這裡所引即見於該項令文，令文中還說：「著自四月十六日起，由公安局派隊，隨帶剪刀，於城廂內外梭巡，遇有玩視禁令，仍著長服者，立即執行剪衣，勿稍瞻徇，倘敢有抗拒者，立即帶縣罰究，絕不姑寬。」

6 語見《後漢書·朱穆傳》：「當今中官近習，竊持國柄，手握王爵，口含天憲，運嘗則使餓隸富於季孫，呼噏則伊、顏化為桀、跖。」據清代王先謙《後漢書集解》：「天憲，王法也，謂刑戮出於其口也。」

7 關於蠟人和活人下棋的事，見清朝出使各國考察政治大臣、禮部尚書戴鴻慈的《出使九國日記》（一九〇六年北京和第一書局出版）。該書「丙午（一九〇六）正月二十一日」記有參觀巴黎蠟人院的情況：「午後往觀蠟人院，院中蠟人甚多，或坐或立，神志如生。最妙者：一蠟像前置棋枰，能與人對弈。如對手欺之，故下一子不如式，則像即停子不下，若不豫狀。其仍不改，即以手將棋子掃之。巧妙至此，誠可嘆也！」

8 康有為（一八五八－一九二七）廣東南海人，清末維新運動領袖。後來組織保皇會，反對孫中山領導的民主革命運動。一九〇四年至一九〇八年，他周遊義大利、瑞士、奧地利、匈牙利、德意志、法蘭西、丹麥、瑞典、比利時、荷蘭、英吉利等十一國。這裡所說的事，見他的《歐東阿連五國遊記·遊塞耳維亞京悲羅吉辣》：

「王宮二層，黃色頗麗，然臨街，僅如一富家屋耳。往聞塞耳維亞內亂弒君後，驚其易，今觀之，亂民一擁入室，即可行弒，如吾國鄉曲行劫富豪，亦何難事。如以中國禁城之森嚴廣大比之，則豈能頃刻成弒乎？」（見《不忍雜誌匯編》二集卷四）

大家降一級試試看[1]

《文學》第一期的《〈圖書評論〉所評文學書部分的清算》[2]，是很有趣味，很有意義的一篇賬。這《圖書評論》[3]不但是「我們唯一的批評雜誌」，也是我們的教授和學者們所組成的唯一的聯軍。然而文學部分中，關於譯注本的批評卻占了大半，這除掉那《清算》裡所指出的各種之外，實在也還有一個切要的原因，就是在我們學術界文藝界作工的人員，大抵都比他的實力憑空跳高一級。

校對員一面要通曉排版的格式，一面要多認識字，然而看現在的出版物，「己」與「已」，「戮」與「戳」，「剌」與「刺」，在很多的眼睛裡是沒有區別的。版式原是排字工人的事情，因為他不管，就壓在校對員的肩膀上，如果他再不管，那就成為和大家不相干。作文的人首先也要認識字，但在文章上，往往以「戰慄」為「戰慓」，以「已竟」為「已經」；「非常頑艷」是因妒殺人的情形；「年已鼎盛」的意思，是說這人已有六十多歲了。至於譯注的書，那自然，不是「硬譯」[4]，就是誤譯，為了訓斥與指正，竟占去了九本《圖書評論》中文學部分的書數的一半，就是一個不可動搖的證明。

這些錯誤的書的出現，當然大抵是因為看準了社會上的需要，匆匆的來投機，但一面也實在為了勝任的人，不肯自貶身價，來做這用力多而獲利少的工作的緣故。否則，這些譯注者是只配埋首大學，去謹聽教授們的指示的。只因為能夠不至於誤譯的人們潔身遠去，出版界上空蕩蕩了，遂使小兵也來掛著帥印，辱沒了翻譯的天下。

但是，勝任的譯注家那裡去了呢？那不消說，他也跳了一級，做了教授，成為學者了。「世無英雄，遂使豎子成名」[5]，於是只配做學生的胚子，就乘著空虛，托庇變了譯注者。而事同一律，只配做個譯注者的胚子，卻踞著高座，昂然說法了。杜威[6]教授有他的實驗主義，白璧德[7]教授有他的人文主義，從他們那裡零零碎碎販運一點回來的就變了中國的呵斥八極[8]的學者，不也是一個不可動搖的證明麼？

要澄清中國的翻譯界，最好是大家都降下一級去，雖然那時候是否真是都能勝任愉快，也還是一個沒有把握的問題。

七月七日。

【注釋】

1 本篇最初發表於一九三三年八月十五日《申報月刊》第二卷第八號，署名洛文。

2 傅東華作，載《文學》第一卷第一號（一九三三年七月）。該文就《圖書評論》一至九期發表的二十二篇文學書評進行了分析和批判。

3 月刊，劉英士編輯，一九三二年九月創刊，南京圖書評論社出版。該刊發表的梁實秋、羅家倫等對當時一些外國文學譯本的評論，態度十分粗暴，往往抓住譯文的個別錯誤，就指斥為「荒謬絕倫」，「糊塗到莫名其妙」，「比毒藥還要厲害」，「誤人子弟，男盜女娼」等，並且定出所謂「標準」，企圖限制和打擊別的譯者。

4 這是梁實秋攻擊魯迅翻譯馬克思主義文藝理論的用語。見《新月》第二卷第六、七期合刊（一九二九年九月）《論魯迅先生的「硬譯」》。

5 語出《晉書．阮籍傳》：阮籍「嘗登廣武，觀楚漢戰處，嘆曰：『時無英雄，使豎子成名！』」

6 杜威（J.Dewey，一八五九—一九五二）美國唯心主義哲學家，實用主義者。他否認客觀真理和絕對真理的存在，認為有用就是真理。主要著作有《哲學的改造》、《經驗和自然》、《邏輯：探究的理論》等。他的學說由於胡適等人的傳播，在我國發生過相當影響。

7 參看本書《題記》注7。

8《淮南子·墬形訓》：「天地之間，九州八極。」八極，邊遠的地方，引伸為世界。

沙[1]

近來的讀書人，常常嘆中國人好像一盤散沙，無法可想，將倒楣的責任，歸之於大家。其實這是冤枉了大部分中國人的。小民雖然不學，見事也許不明，但知道關於本身利害時，何嘗不會團結。先前有跪香[2]，民變，造反；現在也還有請願之類。他們的像沙，是被統治者「治」成功的，用文言來說，就是「治績」。

那麼，中國就沒有沙麼？有是有的，但並非小民，而是大小統治者。

人們又常常說：「升官發財。」其實這兩件事是不並列的，其所以要升官，只因為要發財，升官不過是一種發財的門徑。所以官僚雖然依靠朝廷，卻並不忠於朝廷，吏役雖然依靠衙署，卻並不愛護衙署，頭領下一個清廉的命令，小嘍囉是絕不聽的，對付的方法有「蒙蔽」。他們都是自私自利的沙，可以肥己時就肥己，而且每一粒都是皇帝，可以稱尊處就稱尊。

有些人譯俄皇為「沙皇」，移贈此輩，倒是極確切的尊號。財何從來？是從小民身上刮下來的。小民倘能團結，發財就煩難，那麼，當然應該想盡方法，使他們變成散沙才好。以沙皇治小民，於是全中國就成為「一盤散沙」了。

然而沙漠以外，還有團結的人們[3]在，他們「如入無人之境」的走進來了。

這就是沙漠上的大事變。當這時候，古人曾有兩句極切貼的比喻，叫作「君子為猿鶴，小人為蟲沙」[4]。那些君子們，不是像白鶴的騰空，就如猢猻的上樹，「樹倒猢猻散」，另外還有樹，他們絕不會吃苦。剩在地下的，便是小民的螻蟻和泥沙，要踐踏殺戮都可以，他們對沙皇尚且不敵，怎能敵得過沙皇的勝者呢？

然而當這時候，偏又有人搖筆鼓舌，向著小民提出嚴重的質問道：「國民將何以自處」呢，「問國民將何以善其後」呢？忽然記得了「國民」，別的什麼都不說，只又要他們來填虧空，不是等於向著縛了手腳的人，要求他去捕盜麼？

但這正是沙皇治績的後盾，是猿鳴鶴唳的尾聲，稱尊肥己之餘，必然到來的末一著。

七月十二日。

【注釋】

1 本篇最初發表於一九三三年八月十五日《申報月刊》第二卷第八號，署名洛文。

2 舊時窮苦無告的人們手捧燃香，跪於衙前或街頭，向官府「請願」、鳴冤的一種方式。

3 這裡所說「團結的人們」和下文「沙皇的勝者」，隱指日本帝國主義。

4 《太平御覽》卷九一六引古本《抱朴子》：「周穆王南征，一軍盡化，君子為猿為鶴，小人為蟲為沙。」

給文學社信[1]

編輯先生：

《文學》第二號，伍實[2]先生寫的《休士在中國》中，開首有這樣的一段——

「……蕭翁是名流，自配我們的名流招待，且唯其是名流招待名流，這才使魯迅先生和梅蘭芳博士有千載一時的機會得聚首於一堂。休士呢，不但不是我們的名流心目中的那種名流，且還加上一層膚色上的顧忌！」

是的，見蕭的不只我一個，但我見了一回蕭，就被大小文豪一直笑罵到現在，最近的就是這回因此就併我和梅蘭芳為一談的名文。然而那時是招待者邀我去的。這回的招待休士[3]，我並未接到通知，時間地址，全不知道，怎麼能到？

即使邀而不到，也許有別種的原因，當口誅筆伐之前，似乎也須略加考察。現在並未相告，就責我不到，因這不到，就斷定我看不起黑種。作者是相信的罷，讀者不明事實，大概也可以相信的，但我自己還不相信我竟是這樣一個勢利卑劣的人！

給我以誣蔑和侮辱，是平常的事；我也並不為奇：慣了。但那是小報，是敵人。略具識見的，一看就明白。而《文學》是掛著冠冕堂皇的招牌的，我又是同人之一，為什麼無端虛構事跡，大加奚落，至於到這地步呢？莫非缺一個勢利卑劣的老人，也在文學戲臺上跳舞一下，以給觀眾開心，且催嘔吐麼？我自信還不至於是這樣的腳色，我還能夠從此跳下這可怕的戲臺。那時就無論怎樣誣辱嘲罵，彼此都沒有矛盾了。

我看伍實先生其實是化名，他一定也是名流，就是招待休士，非名流也未必能夠入座。不過他如果和上海的所謂文壇上的那些狐鼠有別，則當施行人身攻擊之際，似乎應該略負一點責任，宣布出和他的本身相關聯的姓名，給我看看真實的嘴臉。這無關政局，絕無危險，況且我們原曾相識，見面時倒是裝作十分客氣的也說不定的。

臨末，我要求這封信就在《文學》三號上發表。

魯迅。七月二十九日。

【注釋】

1 本篇最初發表於一九三三年九月一日《文學》第一卷第三號。

2 即傅東華（一八九三－一九七一），浙江金華人，翻譯家。當時《文學》的編者之一。

3 休士（L.Hughes，一九〇二－一九六七）美國黑人作家。一九三三年七月訪蘇返美途經上海時，上海的文學社、現代雜誌社、中外新聞社等曾聯合為他舉行招待會。

關於翻譯[1]

今年是「國貨年」，除「美麥」[2]外，有些洋氣的都要被打倒了。四川雖然正在奉令剪掉路人的長衫，上海的一位慷慨家卻因為討厭洋服而記得了袍子和馬褂。翻譯也倒了運，得到一個籠統的頭銜是「硬譯」和「亂譯」。但據我所見，這些「批評家」中，一面要求著「好的翻譯」者，卻一個也沒有的。

創作對於自己人，的確要比翻譯切身，易解，然而一不小心，也容易發生「硬作」，「亂作」的毛病，而這毛病，卻比翻譯要壞得多。我們的文化落後，無可諱言，創作力當然也不及洋鬼子，作品的比較的薄弱，是勢所必至的，而且又不能不時時取法於外國。所以翻譯和創作，應該一同提倡，絕不可壓抑了一面，使創作成為一時的驕子，反因容縱而脆弱起來。

我還記得先前有一個排貨的年頭，國貨家販了外國的牙粉，搖鬆了兩瓶，裝作三瓶，貼上商標，算是國貨，而購買者卻多損失了三分之一；還有一種痱子藥水，模樣和洋貨完全相同，價錢卻便宜一半，然而它有一個大缺點，是搽了之後，毫無功效，於是購買者便完全損失了。

注重翻譯，以作借鏡，其實也就是催進和鼓勵著創作。但幾年以前，就有了攻擊「硬譯」的「批評家」，搔不他舊瘡疤上的末屑，少得像膏藥上的麝香一樣，因為少，就自以為是奇珍。而這風氣竟傳布開來了，許多新起的論者，今年都在開始輕薄著販來的洋貨。比起武人的大買飛機，市民的拚命捐款來，所謂「文人」也者，真是多麼昏庸的人物呵。

我要求中國有許多好的翻譯家，倘不能，就支持著「硬譯」。理由還在中國有許多讀者層，有著並不全是騙人的東西，也許總有人會多少吸收一點，比一張空盤較為有益。而且我自己是向來感謝著翻譯的，例如關於蕭的毀譽和現在正在提起的題材的積極性的問題[3]，在洋貨裡，是早有了明確的解答的。關於前者，德國的尉特甫格（Karl Wittvogel）[4]在《蕭伯納是丑角》裡說過——

「至於說到蕭氏是否有意於無產階級的革命，這並不是一個重要的問題。十八世紀的法國大哲學家們，也並不希望法國的大革命。雖然如此，然而他們都是引導著必至的社會變更的那種精神崩潰的重要勢力。」（劉大傑譯，《蕭伯納在上海》所載。）

關於後者，則恩格勒[5]在給明那・考茨基（Minna Kautsky，就是現存的考茨基的母親）的信裡，已有極明確的指示，對於現在的中國，也是很有意義的——

「還有，在今日似的條件之下，小說是大抵對於布爾喬亞層的讀者的，所以，由我看來，只要正直地敘述出現實的相互關係，毀壞了罩在那上面的作偽的幻影，使布爾喬亞世界的樂觀主義動搖，使對於現存秩序的永遠的支配起疑，則社會主義的傾向的文學，也就十足地盡了它的使命了——即使作者在這時並未提出什麼特定的解決，或者有時連作者站在那一邊也不很明白。」[6]

（日本上田進原譯，《思想》百三十四號所載。）

八月二日。

【注釋】

1 本篇最初發表於一九三三年九月一日《現代》第三卷第五期。

2 一九三三年五月，國民黨政府為了進行反共反人民的內戰，由財政部長宋子文和美國復興金融公司，在華盛頓簽訂了「棉麥借款」合同，規定借款五千萬美元，其中五分之一購買美麥，五分之四購買美棉。

3 關於題材的積極性問題，當時曾有過討論，一九三三年八月《文學》第一卷第二號「社談」欄《文壇往何處去》一文就曾談到：「其次是『題材積極性』的問題。現在很有些人以為描寫小資產階級生活的題材便沒有『積極性』，必須寫工農大眾的生活，這才是題材有積極性；又以為僅僅描寫大眾的生活痛苦或是僅僅描寫了他們怎樣被剝削被壓迫，也就不能說有積極性，必須寫他們鬥爭才好，而且須寫鬥爭得勝。究竟所謂『題材的積極性』是否應當這樣去理解呢，抑或別有理論？這也是當前問題的一個，亟待發展討論，俾創作者可資參考。」

4 尉特甫格（一八九六－？）德國作家，一九三三年遷居美國。他是中國問題研究者，著有《覺醒的中國》、《中國經濟研究》以及與人合著的《中國社會史——遼史》等。

5 即恩格斯。明那·考茨基（一八三七－一九一二），通譯敏娜·考茨基，德國社會民主黨人，女作家，著有小説《格里蘭霍夫的斯蒂凡》等。

6 這裡所引恩格斯的話，現譯為：「此外，在當前條件下，小説主要是面向資產階級圈子裡的讀者，即不直接屬於我們的人的那個圈子裡的讀者，因此，如果一部具有社會主義傾向的小説通過對現實關係的真實描寫，來打破關於這些關係的流行的傳統幻想，動搖資產階級世界的樂觀主義，不可避免地引起對於現存事物的永世長存的懷疑，那末，即使作者沒有直接提出任何解決辦法，甚至作者有時並沒有明確地表明自己的立場，但我認為這部小説也完全完成了自己的使命。」（《馬克思恩格斯全集》第三十六卷第三八五頁，一九七四年十月人民出版社出版）。

《一個人的受難》序[1]

「連環圖畫」這名目，現在已經有些用熟了，無須更改；但其實是應該稱為「連續圖畫」的，因為它並非「如環無端」，而是有起有訖的畫本。中國古來的所謂「長卷」[2]，如《長江無盡圖卷》，如《歸去來辭圖卷》，也就是這一類，不過聯成一幅罷了。

這種畫法的起源真是早得很。埃及石壁所雕名王的功績，「死書」[3]所畫冥中的情形，已就是連環圖畫。別的民族，古今都有，無須細述了。這於觀者很有益，因為一看即可以大概明白當時的若干的情形，不比文辭，非熟習的不能領會。到十九世紀末，西歐的畫家，有許多很喜歡作這一類畫，立一個題，製成畫帖，但並不一定連貫的。用圖畫來敘事，又比較的後起，所作最多的就是麥綏萊勒。我想，這和電影有極大的因緣，因為一面是用圖畫來替文字的故事，同時也是用連續來代活動的電影。

麥綏萊勒（Frans Masereel）[4]是反對歐戰的一人；據他自己說，以一八九九年七月三十一日生於弗蘭兌倫的勃蘭勘培克（Blankenberghe in Flandern），幼小時候是很幸福的，因為玩的多，學的少。求學時代是在干德（Gent），在那裡的藝術學院裡學了小半年；後來就漫遊德，英，瑞士，法國去了，而最愛的是巴黎，稱之為「人生的學校」。

在瑞士時，常投畫稿於日報上，摘發社會的隱病，羅曼羅蘭比之於陀密埃（Daumier）和戈耶（Goya）[5]。但所作最多的是木刻的書籍上的插圖，和全用圖畫來表現的故事。他是酷愛巴黎的，所以作品往往浪漫，奇詭，出於人情，因以收得驚異和滑稽的效果。獨有這《一個人的受難》（Die Passioneines Menschen）乃是寫實之作，和別的圖畫故事都不同。

這故事二十五幅中，也並無一字的說明。但我們一看就知道：

在桌椅之外，一無所有的屋子裡，一個女子懷著孕了（一），生產之後，即被別人所斥逐，不過我不知道斥逐她的是雇主，還是她的父親（二）。於是她只好在路上彷徨（三），終於跟了別人；先前的孩子，便進了野孩子之群，在街頭搗亂（四）。稍大，去學木匠，但那麼重大的工作，幼童是不勝任的（五），到底免不了被人踢出，像打跑一條野狗一樣（六）。他為饑餓所逼，就去偷麵包（七），而立刻被維持秩序的巡警所捕獲（八），關進監牢裡去了（九）。罰滿釋出（十），這回卻輪到他在熱鬧的路上彷徨（十一），但幸而也竟找得了修路的工作（十二）。不過，終日揮著鶴嘴鋤，是會覺得疲勞的（十三），這時乘機而入的卻是惡友（十四），他受了誘惑，去會妓女（十五），去玩跳舞了（十六）。但歸途中又悔恨起來（十七），決計進廠做工，而且一早就看書自習（十八）；在這環境裡，這才遇到了真的相愛的同人（十九）。但勞資兩方衝突了，他登高呼號，聯合下工人，和資本家戰鬥（二十），於是奸細窺探於前（二十一），兵警彈壓於後（二十二），奸細又從中離間，他被捕了（二十三）。在受難的「神之子」耶穌像前，這「人之子」就受著裁判（二十四）；自然是死刑，他站著，等候著兵們的開槍（二十五）！

耶穌說過，富翁想進天國，比駱駝走過針孔還要難。[6]但說這話的人，自己當時卻受難（Passion）了。現在是歐美的一切富翁，幾乎都是耶穌的信奉者，而受難的就輪到了窮人。這就是《一個人的受難》中所敘述的。

一九三三年八月六日，魯迅記。

【注釋】

1 本篇最初印入一九三三年九月上海良友圖書印刷公司出版的《一個人的受難》。

2 窄長的橫幅卷軸國畫。古來題名《長江萬里》、《江山無盡》的長卷很多，著名的有宋代夏珪、明代周臣、清代王翬等人的作品。以陶淵明《歸去來辭》為題材的長卷，有明代徐賁等人的作品。

3 又譯「死者之書」，古代埃及宗教文藝的一種。本為王公、貴族的陪葬物。它將多種咒語、禱文、頌歌寫在長卷紙上，置於死者棺中。許多「死書」還附有冥間的圖畫。

4 麥綏萊勒（一八八九－一九七二）通譯麥綏萊爾，比利時畫家、木刻家。曾為美國惠特曼、法國羅曼·羅蘭、巴比塞等作家的作品作插圖。一九三三年九月，上海良友圖書印刷公司還出版過他的連環畫《光明的追求》、《我的懺悔》和《沒有字的故事》。

5 陀密埃（一八〇八－一八七九）通譯杜米埃，法國諷刺畫家，擅長石版畫。

戈耶（一七四二－一八二八），西班牙諷刺畫家，擅長銅版畫。

6 這段話，見《新約·馬太福音》第十九章三十三、二十四節：「我實在告訴你們，財主進天國是難的。我又告訴你們，駱駝穿過針的眼，比財主進上帝的國還容易呢。」

祝《濤聲》[1]

《濤聲》的壽命有這麼長，想起來實在有點奇怪的。

大前年和前年，所謂作家也者，還有什麼什麼會，標榜著什麼什麼文學，到去年就渺渺茫茫了，今年是大抵化名辦小報，賣消息；消息那裡有這麼多呢，於是造謠言。先前的所謂作家還會聯成黑幕小說，現在是聯也不會聯了，零零碎碎的塞進讀者的腦裡去，使消息和秘聞之類成為他們的全部大學問。這功績的褒獎是稿費之外，還有消息獎，「掛羊頭賣狗肉」也成了過去的事，現在是在「賣人肉」了。

於是不「賣人肉」的刊物及其作者們，便成為被賣的貨色。這也是無足奇的，中國是農業國，而麥子卻要向美國定購，獨有出賣小孩，只要幾百錢一斤，則古文明國中的文藝家，當然只好賣血，尼采[2]說過：「我愛血寫的書」呀。

然而《濤聲》尚存，這就是我所謂「想起來實在有點奇怪」。

這是一種幸運，也是一個缺點。看現在的景況，凡有敕准或默許其存在的，倒往往會被一部分人們搖頭。有人批評過我，說，只要看魯迅至今還活著，就足見不是一個什麼好人。這是真的，自民元革命以至現在，好人真不知道被害死了多少了，不過誰也沒有記一篇準賬。這事實又教壞了我，因為我知道即使死掉，也不過給他們大賣消息，大造謠言，說我的被殺，其實是為了金錢或女人關係。所以，名列於該殺之林[3]則可，懸梁服毒，是不來的。

《濤聲》上常有赤膊打仗，拚死拚活的文章，這脾氣和我很相反，並不是倖存的原因。我想，那幸運而且也是缺點之處，是在總喜歡引古證今，帶些學究氣。中國人雖然自誇「四千餘年古國古」[4]，可是十分健忘的，連民族主義文學家，也會認成吉斯汗為老祖宗[5]，則不宜與之談古也可見。

上海的市儈們更不需要這些，他們感到興趣的只是今天開獎，鄰右爭風；眼光遠大的也不過要知道名公如何遊山，闊人和誰要好之類；高尚的就看什麼學界瑣聞，文壇消息。總之，是已將生命割得零零碎碎了。

這可以使《濤聲》的銷路不見得好，然而一面也使《濤聲》長壽。文人學士是清高的，他們現在也更加聰明，不再恭維自己的主子，來著痕跡了。他們只是排好暗箭，拿定糞帚，監督著應該俯伏著的奴隸們，看有誰抬起頭來的，就射過去，灑過去，結果也許會終於使這人被綁架或被暗殺，由此使民國的國民一律「平等」。《濤聲》在銷路上的不大出頭，也正給它逃了暫時的性命，不過，也還是很難說，因為「不測之威」，也是古來就有的。

我是愛看《濤聲》的，並且以為這樣也就好。然而看近來，不談政治呀，仍談政治呀，似乎更加不大安分起來，則我的那些忠告，對於「烏鴉為記」[6]的刊物，恐怕也不見得有效。

那麼，「祝」也還是「白祝」，我也只好看一張，算一張了。昔人詩曰，「喪亂死多門」[7]，信夫！

八月六日。

十一月二十五日的《濤聲》上，果然發出《休刊辭》來，開首道：「十一月二十日下午，本刊奉令繳還登記證，『民亦勞止，汔可小康』[8]。我們準備休息一些時了。……」這真是康有為所說似的「不幸而吾言中」，豈不奇而不奇也哉。

十二月三十一夜，補記。

【注釋】

1 本篇最初發表於一九三三年月十九日《濤聲》第二卷第三十一期。

2 尼采（F.Nietzsche，一八四四－一九〇〇）德國哲學家，唯意志論和「超人哲學」的鼓吹者。他在《查拉圖斯特拉如是說·讀與寫》中說：「在一切著作中，吾所愛者，惟用血寫之著作。」

3 一九三三年一月，作者參加中國民權保障同盟，並被舉為執行委員，因此招致國民黨的忌恨。同年六月；該盟副會長楊杏佛遭暗殺，作者也被列入黑名單。

4 「四千餘年古國古」語出清代黃遵憲《出軍歌》：「四千餘歲古國古，是我完全土。」（見一九〇二年十月《新小說》第一號）

5 這裡說的民族主義文學家，指黃震遐。他在《前鋒月刊》第一卷第七期（一九三一年四月）發表歌頌成吉思汗之孫拔都元帥西征的長詩《黃人之血》，魯迅曾在《二心集·「民族主義文學家」的任務和運命》中給予批判。

6 指《濤聲》。它自第一卷第二十一期起，刊頭上印有烏鴉的圖案。

7 語見唐代杜甫《白馬》詩。

8 語見《詩經·大雅·民勞》。汔，庶幾，差不多。

上海的少女[1]

在上海生活，穿時髦衣服的比土氣的便宜。如果一身舊衣服，公共電車的車掌會不照你的話停車，公園看守會格外認真的檢查入門券，大宅子或大客寓的門丁會不許你走正門。所以，有些人寧可居斗室，餵臭蟲，一條洋服褲子卻每晚必須壓在枕頭下，使兩面褲腿上的折痕天天有稜角。

然而更便宜的是時髦的女人。這在商店裡最看得出：挑選不完，決斷不下，店員也還是很能忍耐的。不過時間太長，就須有一種必要的條件，是帶著一點風騷，能受幾句調笑。否則，也會終於引出普通的白眼來。

慣在上海生活了的女性，早已分明地自覺著這種自己所具的光榮，同時也明白著這種光榮中所含的危險。所以凡有時髦女子所表現的神氣，是在招搖，也在固守，在羅致，也在抵禦，像一切異性的親人，也像一切異性的敵人，她在喜歡，也正在惱怒。

這神氣也傳染了未成年的少女，我們有時會看見她們在店鋪裡購買東西，側著頭，佯嗔薄怒，如臨大敵。自然，店員們是能像對於成年的女性一樣，加以調笑的，而她也早明白著這調笑的意義。總之：她們大抵早熟了。

然而我們在日報上，確也常常看見誘拐女孩，甚而至於凌辱少女的新聞。

不但是《西遊記》[2]裡的魔王，吃人的時候必須童男和童女而已，在人類中的富戶豪家，也一向以童女為侍奉，縱欲，鳴高，尋仙，採補的材料，恰如食品的饜足了普通的肥甘，就想乳豬芽茶一樣。現在這現象並且已經見於商人和工人裡面了，但這乃是人們的生活不能順遂的結果，應該以饑民的掘食草根樹皮為比例，和富戶豪家的縱恣的變態是不可同日而語的。

但是，要而言之，中國是連少女也進了險境了。

這險境，更使她們早熟起來，精神已是成人，肢體卻還是孩子。俄國的作家梭羅古勃[3]曾經寫過這一種類型的少女，說是還是小孩子，而眼睛卻已經長大了。然而我們中國的作家是另有一種稱讚的寫法的：所謂「嬌小玲瓏」者就是。

八月十二日。

【注釋】

1 本篇最初發表於一九三三年九月十五日《申報月刊》第二卷第九號，署名洛文。

2 長篇小說，明代吳承恩著，一百回。寫唐僧（玄奘）在孫悟空等護送下到西天取經，沿途戰勝妖魔險阻的故事。

3 梭羅古勃，參看本書〈《豎琴》前記〉注8。他在長篇小說《小鬼》中，描寫過一群早熟的少女。

上海的兒童[1]

上海越界築路[2]的北四川路一帶，因為打仗，去年冷落了大半年，今年依然熱鬧了，店鋪從法租界搬回，電影院早經開始，公園左近也常見攜手同行的愛侶，這是去年夏天所沒有的。

倘若走進住家的弄堂裡去，就看見便溺器，吃食擔，蒼蠅成群的在飛，孩子成隊的在鬧，有劇烈的搗亂，有發達的罵詈，真是一個亂烘烘的小世界。但一到大路上，映進眼簾來的卻只是軒昂活潑地玩著走著的外國孩子，中國的兒童幾乎看不見了。但也並非沒有，只因為衣褲郎當，精神萎靡，被別人壓得像影子一樣，不能醒目了。

中國中流的家庭，教孩子大抵只有兩種法。其一，是任其跋扈，一點也不管，罵人固可，打人亦無不可，在門內或門前是暴主，是霸王，但到外面，便如失了網的蜘蛛一般，立刻毫無能力。其二，是終日給以冷遇或呵斥，甚而至於打撲，使他畏葸退縮，彷彿一個奴才，一個傀儡，然而父母卻美其名曰「聽話」，自以為是教育的成功，待到放他到外面來，則如暫出樊籠的小禽，他絕不會飛鳴，也不會跳躍。

現在總算中國也有印給兒童看的畫本了，其中的主角自然是兒童，然而畫中人物，大抵倘不是帶著橫暴冥頑的氣味，甚而至於流氓模樣的，過度的惡作劇的頑童，就是鉤頭聳背，低眉順眼，一副死板板的臉相的所謂「好孩子」。這雖然由於畫家本領的欠缺，但也是取兒童為範本的，而從此又以作供給兒童仿效的範本。

我們試一看別國的兒童畫罷，英國沉著，德國粗豪，俄國雄厚，法國漂亮，日本聰明，都沒有一點中國似的衰憊的氣象。觀民風是不但可以由詩文，也可以由圖畫，而且可以由不為人們所重的兒童畫的。

頑劣，鈍滯，都足以使人沒落，滅亡。童年的情形，便是將來的命運。我們的新人物，講戀愛，講小家庭，講自立，講享樂了，但很少有人為兒女提出家庭教育的問題，學校教育的問題，社會改革的問題。先前的人，只知道「為兒孫作馬牛」，固然是錯誤的，但只顧現在，不想將來，「任兒孫作馬牛」，卻不能不說是一個更大的錯誤。

八月十二日。

【注釋】

1 本篇最初發表於一九三三年九月十五日《申報月刊》第二卷第九號，署名洛文。

2 指當時上海租界當局越出租界範圍以外修築馬路的區域。

「論語一年」[1]
——借此又談蕭伯納

說是《論語》辦到一年了，語堂[2]先生命令我做文章。這實在好像出了「學而一章」[3]的題目，叫我做一篇白話八股一樣。沒有法，我只好做開去。

老實說罷，他所提倡的東西，我是常常反對的。先前，是對於「費厄潑賴」[4]，現在呢，就是「幽默」[5]。我不愛「幽默」，並且以為這是只有愛開圓桌會議[6]的國民才鬧得出來的玩意兒，在中國，卻連意譯也辦不到。我們有唐伯虎，有徐文長[7]；還有最有名的金聖歎[8]，「殺頭，至痛也，而聖歎以無意得之，大奇！」雖然不知道這是真話，是笑話；是事實，還是謠言。但總之：一來，是聲明了聖歎並非反抗的叛徒；二來，是將屠戶的凶殘，使大家化為一笑，收場大吉。我們只有這樣的東西，和「幽默」是並無什麼瓜葛的。

況且作者姓氏一大篇[9]，動手者寥寥無幾，乃是中國的古禮。在這種禮制之下，要每月說出兩本「幽默」來，倒未免有些「幽默」的氣息。這氣息令人悲觀，加以不愛，就使我不大熱心於《論語》了。

然而，《蕭的專號》[10]是好的。它發表了別處不肯發表的文章，揭穿了別處故意顛倒的談話，至今還使名士不平，小官懷恨，連吃飯睡覺的時候都會記得起來。憎惡之久，憎惡者之多，就是效力之大的證據。

莎士比亞[11]雖然是「劇聖」，我們不大有人提起他。五四時代紹介了一個易卜生[12]，名聲倒還好，今年紹介了一個蕭，可就糟了，至今還有人肚子在發脹。

為了他笑嘻嘻，辨不出是冷笑，是惡笑，是嘻笑麼？並不是的。為了他笑中有刺，刺著了別人的病痛麼？也不全是的。列維它夫[13]說得很分明：就因為易卜生是偉大的疑問號（？），而蕭是偉大的感嘆號（！）的緣故。

他們的看客，不消說，是紳士淑女們居多。紳士淑女們是頂愛面子的人種。易卜生雖然使他們登場，雖然也揭發一點隱蔽，但並不加上結論，卻從容的說道

「想一想罷，這到底是些什麼呢？」紳士淑女們的尊嚴，確也有一些動搖了，但究竟還留著搖搖擺擺的退走，回家去想的餘裕，也就保存了面子。至於回家之後，想了也未，想得怎樣，那就不成什麼問題，所以他被紹介進中國來，四平八穩，反對的比贊成的少。

蕭可不這樣了，他使他們登場，撕掉了假面具，闊衣裝，終於拉住耳朵，指給大家道，「看哪，這是蛆蟲！」連磋商的工夫，掩飾的法子也不給人有一點。這時候，能笑的就只有並無他所指摘的病痛的下等人了。在這一點上，蕭是和下等人相近的，而也就和上等人相遠。

這怎麼辦呢？仍然有一定的古法在。就是：大家沸沸揚揚的嚷起來，說他有錢，說他裝假，說他「名流」，說他「狡猾」，至少是和自己們差不多，或者還要壞。自己是生活在小茅廁裡的，他卻從大茅廁裡爬出，也是一隻蛆蟲，紹介者糊塗，稱讚的可惡。然而，我想，假使蕭也是一隻蛆蟲，卻還是一隻偉大的蛆蟲，正如可以同有許多感嘆號，而惟獨他是「偉大的感嘆號」一樣。

譬如有一堆蛆蟲在這裡罷，一律即即足足，自以為是紳士淑女，文人學士，名宦高人，互相點頭，雍容揖讓，天下太平，那就是全體沒有什麼高下，都是平常的蛆蟲。但是，如果有一隻驀地跳了出來，大喝一聲道：「這些其實都是蛆蟲！」那麼，——自然，它也是從茅廁裡爬出來的，然而我們非認它為特別的偉大的蛆蟲則不可。

蛆蟲也有大小，有好壞的。

生物在進化，被達爾文[14]揭發了，使我們知道了我們的遠祖和猴子是親戚。然而那時的紳士們的方法，和現在是一模一樣的：他們大家倒叫達爾文為猴子的子孫。羅廣廷[15]博士在廣東中山大學的「生物自然發生」的實驗尚未成功，我們姑且承認人類是猴子的親戚罷，雖然並不十分體面。但這同是猴子的親戚中，達爾文又不能不說是偉大的了。那理由很簡單而且平常，就因為他以猴子親戚的家世，卻並不忌諱，指出了人們是猴子的親戚來。

猴子的親戚也有大小，有好壞的。

但達爾文善於研究，卻不善於罵人，所以被紳士們嘲笑了小半世。給他來鬥爭的是自稱為「達爾文的咬狗」的赫胥黎[16]，他以淵博的學識，警闢的文章，東衝西突，攻陷了自以為亞當和夏娃[17]的子孫們的最後的堡壘。現在是指人為狗，變成摩登了，也算是一句惡罵。但是，便是狗罷，也不能一例而論的，有的食肉，有的拉橇，有的為軍隊探敵，有的幫警署捉人，有的在張園[18]賽跑，有的跟化子要飯。將給闊人開心的吧兒和在雪地裡救人的猛犬一比較，何如？如赫胥黎，就是一匹有功人世的好狗。

狗也有大小，有好壞的。

但要明白，首先就要辨別。「幽默處俏皮與正經之間」（語堂語）。不知俏皮與正經之辨，怎麼會知道這「之間」？我們雖掛孔子的門徒招牌，卻是莊生[19]的私淑弟子。「彼亦一是非，此亦一是非」，是與非不想辨；「不知周之夢為蝴蝶歟，蝴蝶之夢為周歟？」夢與覺也分不清。生活要混沌。如果鑿起七竅來呢？莊子曰：「七日而混沌死。」這如何容得感嘆號？

而且也容不得笑。私塾的先生，一向就不許孩子憤怒，悲哀，也不許高興。皇帝不肯笑，奴隸是不准笑的。他們會笑，就怕他們也會哭，會怒，會鬧起來。更何況坐著有版稅可抽，而一年之中，竟「只聞其騷音怨音以及刻薄刁毒之音」呢？這可見「幽默」在中國是不會有的。

這也可見我對於《論語》的悲觀，正非神經過敏。有版稅的尚且如此，還能希望那些炸彈滿空，河水漫野之處的人們來說「幽默」麼？恐怕連「騷音怨音」

也不會有，「盛世母音」自然更其談不到。將來圓桌會議上也許有人列席，然而是客人，主賓之間，用不著「幽默」。甘地[20]一回一回的不肯吃飯，而主人所辦的報章上，已有說應該給他鞭子的了。

這可見在印度也沒有「幽默」。最猛烈的鞭撻了那主人們的是蕭伯納，而我們中國的有些紳士淑女們可又憎惡他了，這真是伯納「以無意得之，大奇！」然而也正是辦起《孝經》[21]來的好文字：「此士大夫之孝也。」《中庸》《大學》[22]都已新出，《孝經》是一定就要出來的；不過另外還要有《左傳》[23]。在這樣的年頭，《論語》那裡會辦得好；二十五本，已經要算是「不亦樂乎」的了。

八月二十三日。

【注釋】

1 本篇最初發表於一九三三年九月十六日《論語》第二十五期。

2 林語堂（一八九五－一九七六），福建龍溪人，作家。曾留學美國、德國，早期是《語絲》撰稿人之一。三十年代在上海主編《論語》、《人間世》、《宇宙風》等刊物，提倡「幽默」、「閒適」和「性靈」文學，以自由主義者的姿態為國民黨反動統治粉飾太平。一九三六年居留美國，一九六六年定居台灣，長期從事反動文化活動。

3 「學而」是《論語》第一篇的題目。舊時的八股文，一般以《論語》等儒家經典中的文句命題。

4 英語 fairplay 的音譯，意思是光明正大的比賽，不用不正當的手段。後來英國資產階級曾有人提倡將這種精神用於社會生活和黨派鬥爭，認為這是每一個資產階級紳士應有的涵養和品德。林語堂在一九二五年十二月十四日《語絲》第五十七期發表的《插論語絲的文體——穩健，罵人，及費厄潑賴》一文中，說「中國『潑賴』的精神就很少，更談不到『費厄』」，「對於失敗者不應再施攻擊，……以今日之段祺瑞、章士釗為例，我們便不應再攻擊其個人」。作者在《墳．論「費厄潑賴」應該緩行》中曾批判過這一主張。

5 英語 humour 的音譯。林語堂從一九三二年九月創辦《論語》起，就提倡「幽默」，他說「《論語》發刊以提倡幽默為目標」（見《論語》第一期「群言堂」《「幽默」與「語妙」之討論》）。

6 中世紀英國亞瑟王召集高級騎士開會時，為表示席次不分高下，採用圓桌會議的形式。後泛指與會者地位在形式上平等的會議。

7 唐伯虎（一四七〇——一五二四）名寅，吳縣（今屬江蘇）人。徐文長（一五二一——一五九三），名渭，山陰（今浙江紹興）人。兩人都是明代文學家、畫家。過去民間流傳不少關於他們的笑話。

8 參看本書〈談金聖歎〉一文注3。

9 過去有些雜誌為了顯示陣容的強大，常列出大批撰稿人名單。《論語》自第五期起，在刊頭下印有「長期撰稿員」二十餘人。

10 指一九三三年三月一日出版的《論語》第十二期《蕭伯納遊華專號》。

11 莎士比亞（W.Shakespeare，一五六四—一六一六）歐洲文藝復興時期英國戲劇家、詩人。流傳的劇本有《羅蜜歐與朱麗葉》、《仲夏夜之夢》、《哈姆雷特》等三十七種。

12 易卜生（H.Ibsen，一八二八—一九〇六）挪威劇作家。著有劇本《玩偶之家》、《國民公敵》等。他的主要劇作，「五四」時期大都翻譯成中文。《新青年》第四卷第六號（一九一八年六月）專門出版過《易卜生號》，介紹了他生平、思想及作品。

13 列維它夫（一八九一—一九四二）蘇聯作家。他在《伯納·蕭的戲劇》一文中說：「說到蕭和易卜生的對比，這也是自然的，因為，易卜生和蕭是資產階級戲劇創作的頂點。然而這個頂點——易卜生——被濃密的永久的雲霧掩蔽著。易卜生——是個天才的問號『？』，沒有答案的問題，沒有解決的疑問。……蕭——卻是個偉大的驚嘆號『！』——這一個頂點被鬥爭化的思想的燦爛光線鍍了金了；對於他，提出疑問，也大半是倫理道德的疑問，就等於解決這個疑問，因為疑問的解決就包含在疑問的正確的提出，像蝴蝶的包含在蛹裡面一樣。」（據蕭參譯文）

14 達爾文（C.R.Darwin，一八〇九—一八八二），英國生物學家，進化論的奠基人。主要著作有《物種起源》等。他在《人類起源和性的選擇》第六章《論人類的血緣和譜系》中，描述了人類的始祖類人猿。

15 羅廣廷，廣西合浦縣人。早年留學法國，曾得醫學博士。三十年代任中山大學生物教授時，發表《生物自然發生的發明》、《用真憑實據來答覆進化論學者》等文，用物種不變論反對達爾文的進化學說，聲稱他在「科學試驗」中發現了「生物自然發生的奇蹟」，說「由此推論，人猿，牛，豬……等生物，自然也是在古代某時某地的適應環境裡產生的，而不是要經過幾千億兆年的進化才有的。」

16 赫胥黎（T.H.Huxley，一八二五—一八九五）英國生物學家，達爾文學說的積極支持者和宣傳者。他系統地論述了人類的起源。主要著作有《人類在自然界的位置》、《進化論與倫理學》等。他在一八五九年十一月二十三日給達爾文的信中說：「至於那些要吠、要嗥的惡狗，你必須想到你的朋友們無論如何還有一定的戰鬥性……我正在磨利我的爪和，以作準備。」

17《聖經》故事中由上帝創造的人類始祖，見《舊約．創世記》第一章。

18舊時上海的一個公共遊覽場所，原為無錫張氏私人花園，故名。按當時上海賽狗的地方是在逸園、申園、明園等處。

19莊生（約前三六九—前二八六）即莊子，名周，戰國時宋國人，道家思想主要代表人物。這裡的引語，前兩處見《莊子．齊物論》，後一處見《莊子．應帝王》。

20甘地（M.Ganchi，一八六九—一九四八）印度民族獨立運動領袖。主張「非暴力抵抗」，以「不合作運動」對付英國殖民政府，屢遭監禁，在獄中多次絕食。一九三〇年五月六日「路透電」曾說到英國殷芝開伯爵主張對他採用武力。

21《孝經》，儒家經典之一，作者各說不一，當為孔門後學所作。下面的引語，出自該書《卿大夫》：「非先王之法服不敢服，非先王之法言不敢道，非先王之德行不敢行」，「三者備矣，然後能守其宗廟，蓋卿大夫之孝也」。

22儒家經書名，當時在上海以此為名出版的雜誌有：《中庸》半月刊，徐心芹等主辦，一九三三年三月創刊；《大學》月刊，林眾可、丘漢平等編輯，一九三三年八月創刊。

23儒家經典之一，也稱《春秋左氏傳》、《左氏春秋》，是一部用事實解釋《春秋》的史書，相傳為春秋時魯國人左丘明撰。

小品文的危機[1]

彷彿記得一兩月之前，曾在一種日報上見到記載著一個人的死去的文章，說他是收集「小擺設」的名人，臨末還有依稀的感喟，以為此人一死，「小擺設」的收集者在中國怕要絕跡了。

但可惜我那時不很留心，竟忘記了那日報和那收集家的名字。

現在的新的青年恐怕也大抵不知道什麼是「小擺設」了。但如果他出身舊家，先前曾有玩弄翰墨的人，則只要不很破落，未將覺得沒用的東西賣給舊貨擔，就也許還能在塵封的廢物之中，尋出一個小小的鏡屏，玲瓏剔透的石塊，竹根刻成的人像，古玉雕出的動物，銹得發綠的銅鑄的三腳癩蝦蟆：這就是所謂

「小擺設」。先前，它們陳列在書房裡的時候，是各有其雅號的，譬如那三腳癩蝦蟆，應該稱為「蟾蜍硯滴」之類，最末的收集家一定都知道，現在呢，可要和它的光榮一同消失了。

那些物品，自然絕不是窮人的東西，但也不是達官富翁家的陳設，他們所要的，是珠玉紮成的盆景，五彩繪畫的磁瓶。那只是所謂士大夫的「清玩」。在外，至少必須有幾十畝膏腴的田地，在家，必須有幾間幽雅的書齋；就是流寓上海，也一定得生活較為安閒，在客棧裡有一間長包的房子，書桌一頂，煙榻一張，癮足心閒，摩挲賞鑒。然而這境地，現在卻已經被世界的險惡的潮流沖得七顛八倒，像狂濤中的小船似的了。

然而就是在所謂「太平盛世」罷，這「小擺設」原也不是什麼重要的物品。在方寸的象牙版上刻一篇《蘭亭序》[2]，至今還有「藝術品」之稱，但倘將這掛在萬里長城的牆頭，或供在雲岡[3]的丈八佛像的足下，它就渺小得看不見了，即使熱心者竭力指點，也不過令觀者生一種滑稽之感。何況在風沙撲面，狼虎成群的時候，誰還有這許多閒工夫，來賞玩琥珀扇墜，翡翠戒指呢。他們即使要悅目，所要的也是聳立於風沙中的大建築，要堅固而偉大，不必怎樣精；即使要滿意，所要的也是匕首和投槍，要鋒利而切實，用不著什麼雅。

美術上的「小擺設」的要求，這幻夢是已經破掉了，那日報上的文章的作者，就直覺的地知道。然而對於文學上的「小擺設」——「小品文」的要求，卻正在越加旺盛起來，要求者以為可以靠著低訴或微吟，將粗獷的人心，磨得漸漸的平滑。這就是想別人一心看著《六朝文絜》[4]，而忘記了自己是抱在黃河決口之後，淹得僅僅露出水面的樹梢頭。但這時卻只用得著掙扎和戰鬥。

而小品文的生存，也只仗著掙扎和戰鬥的。晉朝的清言[5]，早和它的朝代一同消歇了。唐末詩風衰落，而小品放了光輝。但羅隱[6]的《讒書》，幾乎全部是抗爭和憤激之談；皮日休和陸龜蒙[7]自以為隱士，別人也稱之為隱士，而看他們在《皮子文藪》和《笠澤叢書》中的小品文，並沒有忘記天下，正是一榻糊塗的泥塘裡的光彩和鋒芒。明末的小品[8]雖然比較的頹放，卻並非全是吟風弄月，其中有不平，有諷刺，有攻擊，有破壞。這種作風，也觸著了滿洲君臣的心病，費去許多助虐的武將的刀鋒，幫閒的文臣的筆鋒，直到乾隆年間，這才壓制下去了。以後呢，就來了「小擺設」。

「小擺設」當然不會有大發展。到五四運動的時候，才又來了一個展開，散文小品的成功，幾乎在小說戲曲和詩歌之上。

這之中，自然含著掙扎和戰鬥，但因為常常取法於英國的隨筆（Essay），所以也帶一點幽默和雍容；寫法也有漂亮和縝密的，這是為了對於舊文學的示威，在表示舊文學之自以為特長者，白話文學也並非做不到。以後的路，本來明明是更分明的掙扎和戰鬥，因為這原是萌芽於「文學革命」以至「思想革命」的。但現在的趨勢，卻在特別提倡那和舊文章相合之點，雍容，漂亮，縝密，就是要它成為「小擺設」，供雅人的摩挲，並且想青年摩挲了這「小擺設」，由粗暴而變為風雅了。

然而現在已經更沒有書桌；鴉片雖然已經公賣，煙具是禁止的，吸起來還是十分不容易。想在戰地或災區裡的人們來鑒賞罷——誰都知道是更奇怪的幻夢。這種小品，上海雖正在盛行，茶話酒談，遍滿小報的攤子上，但其實是正如煙花女子，已經不能在弄堂裡拉扯她的生意，只好塗脂抹粉，在夜裡躄到馬路上來了。

小品文就這樣的走到了危機。但我所謂危機，也如醫學上的所謂「極期」（Krisis）一般，是生死的分歧，能一直得到死亡，也能由此至於恢復。麻醉性的作品，是將與麻醉者和被麻醉者同歸於盡的。生存的小品文，必須是匕首，是投槍，能和讀者一同殺出一條生存的血路的東西；但自然，它也能給人愉快和休息，然而這並不是「小擺設」，更不是撫慰和麻痹，它給人的愉快和休息是休養，是勞作和戰鬥之前的準備。

八月二十七日。

【注釋】

1 本篇最初發表於一九三三年十月一日《現代》第三卷第六期。

2 即《蘭亭集序》，晉代王羲之作，全文三百二十餘字。

3 指雲岡石窟，在山西大同武周山南麓，創建於北魏中期。現存主要洞窟五十三個，石雕佛像飛天等五萬一千多個，其中最高的佛像達十七米。

4 六朝駢體文選集，共四卷，清代許槤編選。

5 三國時魏何晏、夏侯玄、王弼等以老莊思想解釋儒家經義，崇尚虛無，擯棄世務，專談玄理，讀書人爭相慕效，形成風氣，叫作「清言」，也叫「清談」或「玄言」。到晉代有王衍等人提倡，此風更盛。

6 羅隱（八三三－九〇九）字昭諫，餘杭（今屬浙江）人，晚唐文學家。著有《甲乙集》十卷、《讒書》五卷等。

7 皮日休（約八三四－約八八三）字襲美，襄陽（今湖北襄樊市）人，晚唐文學家。早年隱居鹿門山，曾參加黃巢起義軍。著有《皮子文藪》十卷。

陸龜蒙（？—約八八一），字魯望，姑蘇（今江蘇蘇州）人，晚唐文學家。曾隱居笠澤，著有《笠澤叢書》四卷。

8 指晚明作家袁宏道、鍾惺、張岱等人的小品文。

九一八[1]

陰天，晌午大風雨。看晚報，已有紀念這紀念日的文章，用風雨作材料了。明天的日報上，必更有千篇一律的作品。空言不如事實，且看看那些記事吧——

戴季陶講如何救國（中央社）

南京十八日——國府十八日晨舉行紀念周，到林森、戴季陶、陳紹寬、朱家驊、呂超、魏懷暨國府職員等四百餘人，林主席領導行禮，繼戴講「如何救國」，略謂本日係九一八兩周年紀念，吾人於沉痛之餘，應想法達到救國目的，救國之道甚多，如道德救國，教育救國，實業救國等，最近又有所謂航空運動及節約運動，前者之動機在於國防與交通上建設，此後吾人應從根本上設法增強國力，不應只知向外國購買飛機，至於節約運動須一面消極的節省消費，一面積極的將金錢用於生產方面。在此國家危急之秋，吾人應該各就自己的職務上盡力量，根據總理的一貫政策，來做整個三民主義的實施。

吳敬恆講紀念意義（中央社）

南京十八日——中央十八日晨八時舉行九一八二周年紀念大會，到中委汪兆銘、陳果夫、邵元沖、陳公博、朱培德、賀耀祖、王祺等暨中央工作人員共六百餘人，汪主席，由吳敬恆演講以精誠團結充實國力，為紀念九一八之意義，闡揚甚多，並指正愛國之道，詞甚警惕，至九時始散。

漢口靜默停止娛樂（日聯社）

漢口十八日——漢口九一八紀念日華街各戶均揭半旗，省市兩黨部上午十時舉行紀念會，各戲院酒館等一律停業，上午十一時全市人民默禱五分鐘。

廣州禁止民眾遊行（路透社）

廣州十八日——各公署與公共團體今晨均舉行九一八國恥紀念，中山紀念堂晨間行紀念禮，演說者均抨擊日本對華之侵略，全城汽笛均大鳴，以警告民眾，且有飛機於行禮時散發傳單，惟民眾大遊行，為當局所禁，未能實現。

東京紀念祭及犬馬（日聯社）

東京十八日——東京本日舉行九一八紀念日，下午　時在日比谷公會堂舉行陣亡軍人遺族慰安會，築地本願寺舉行軍馬軍犬軍鴿等之慰靈祭，在鄉軍人於下午六時開大會，靖國神社舉行陣亡軍人追悼會。

但在上海怎樣呢？先看租界——

雨絲風片倍覺消沉

今日之全市，既因雨絲風片之侵襲，愁雲慘霧之籠罩，更顯黯淡之象。但駕車遍遊全市，則殊難得見九一八特殊點綴，似較諸去年今日，稍覺消沉，但此非中國民眾之已漸趨於麻木，或者為中國民眾已覺悟於過去標語口號之不足恃，只有埋頭苦做之一道乎？所以今日之南市閘北以及租界區域，情形異常平安，道途之間，除警務當局多派警探在衝要之區，嚴密戒備外，簡直無甚可以記述者。

以上是見於《大美晚報》[2]的，很為中國人祝福。至華界情狀，卻須看《大晚報》的記載了——

敬今日九一八

華界戒備

公安局據密報防反動

今日為「九一八」，日本侵佔東北國難二周紀念，市公安局長文鴻恩，昨據密報，有反動分子，擬借國難紀念為由秘密召集無知工人，乘機開會，企圖煽惑搗亂秩序等語，文局長核報後，即訓令各區所隊，仍照去年「九一八」實施特別戒備辦法，除通告該局各科處於今晨十時許，在局長辦公廳前召集全體職員，及員警總隊第三中隊警士，舉行「九一八」國難紀念，同時並行紀念周外，並飭督察長李光曾派全體督察員，男女檢查員，分赴中華路，民國路，方濱路，南陽橋，唐家灣，斜橋等處，會同各區所警士，在各要隘街衙，及華租界接壤之處，自上午八時至十一時半，中午十一時半至三時，下午三時至六時半，分三班輪流檢查行人。

南市大吉路公共體育場，滬西曹家渡三角場，閘北譚子灣等處，均派大批巡邏警士，禁止集會遊行。製造局路之西，徐家匯區域內主要街道，尤宜特別注意，如遇發生事故，不能制止者，即向麗園路報告市保安處第二團長處置，凡工廠林立處所，加派雙崗駐守，紅色車巡隊，沿城環行駛巡，形勢非常壯嚴。

該局偵緝隊長盧英，飭偵緝領班陳光炎，陳才福，唐炳祥，夏品山，各率偵緝員，分頭密赴曹家渡，白利南路，膠州路及南市公共體育場等處，嚴密暗探反動分子行動，以資防範，而遏亂萌。公共租界暨法租界兩警務處，亦派中西探員出發搜查，以防反動云。

「紅色車」是囚車，中國人可坐，然而從中國人看來，卻覺得「形勢非常壯嚴」云。記得前兩天（十六日）出版的《生活》[3]所載的《兩年的教訓》裡，有一段說——

「第二，我們明白誰是友誰是仇了。希特勒在德國民族社會黨大會中說：『德國的仇敵，不在國外，而在國內。』北平整委會主席黃郛說：『和共抗日之說，實為謬論；剿共和外方為救時救黨上策。』我們卻要說『民族的仇敵，不僅是帝國主義，而是出賣民族利益的帝國主義走狗們。』民族反帝的真正障礙在那裡，還有比這過去兩年的事實指示得更明白嗎？」

現在再來一個切實的注腳：分明的鐵證還有上海華界的「紅色車」！是一天裡的大教訓！

年年的這樣的情狀，都被時光所埋沒了，今夜作此，算是紀念文，倘中國人而終不至被害盡殺絕，則以貽我們的後來者。

是夜，記。

【注釋】

1 本篇在收入本書前未在報刊上發表過。

2 美國人在上海出版的英文報紙。一九二九年四月創刊，一九三三年一月增出中文版，一九四九年五月上海解放後停刊。

3《生活》周刊，中華職業教育社主辦，一九二五年十月在上海創刊。一九二六年十月起由鄒韜奮主編，一九三三年獨立出版，同年十二月停刊。

偶成[1]

九月二十日的《申報》上，有一則嘉善地方的新聞，摘錄起來，就是——

「本縣大窯鄉沈和聲與子林生，被著匪石塘小弟綁架而去，勒索三萬元。沈姓家以中人之產，遷延未決。詎料該幫股匪乃將沈和聲父子及蘇境方面綁來肉票，在丁棚北，北蕩灘地方，大施酷刑。法以布條遍貼背上，另用生漆塗敷，俟其稍乾，將布之一端，連皮揭起，則痛徹心肺，哀號呼救，慘不忍聞。時為該處居民目睹，惻然心傷，盡將慘狀報告沈姓，速即往贖，否則恐無生還。幫匪手段之酷，洵屬駭聞。」

「酷刑」的記載，在各地方的報紙上是時時可以看到的，但我們只在看見時覺得「酷」，不久就忘記了，而實在也真是記不勝記。然而酷刑的方法，卻決不是突然就會發明，一定都有它的師承或祖傳，例如這石塘小弟所採用的，便是一個古法，見於士大夫未必肯看，而下等人卻大抵知道的《說岳全傳》[2]一名《精忠傳》上，是秦檜[3]要岳飛自認「漢奸」，逼供之際所用的方法，但使用的材料，卻是麻條和魚鰾。我以為生漆之說，是未必的確的，因為這東西很不容易乾燥。

「酷刑」的發明和改良者，倒是虎吏和暴君，這是他們唯一的事業，而且也有工夫來考究。這是所以威民，也所以除奸的，然而《老子》說得好，「為之斗斛以量之，則並與斗斛而竊之，……」[4]有被刑的資格的也就來玩一個「剪竊」。張獻忠[5]的剝人皮，不是一種駭聞麼？但他之前已有一位剝了「逆臣」景清的皮的永樂皇帝[6]在。

奴隸們受慣了「酷刑」的教育，他只知道對人應該用酷刑。但是，對於酷刑的效果的意見，主人和奴隸們是不一樣的。主人及其幫閒們，多是智識者，他能推測，知道酷刑施之於敵對，能夠給與怎樣的痛苦，所以他會精心結撰，進步起來。奴才們卻一定是愚人，他不能「推己及人」，更不能推想一下，就「感同身受」。只要他有權，會採用成法自然也難說，然而他的主意，是沒有智識者所測度的那麼慘厲的。綏拉菲摩維支在《鐵流》[7]裏，寫農民殺掉了一個貴人的小女兒，那母親哭得很悽慘，他卻詫異道，哭什麼呢，我們死掉多少小孩子，一點也沒哭過。他不是殘酷，他一向不知道人命會這麼寶貴，他覺得奇怪了。

奴隸們受慣了豬狗的待遇，他只知道人們無異於豬狗。用奴隸或半奴隸的幸福者，向來只怕「奴隸造反」，真是無怪的。要防「奴隸造反」，就更加用「酷刑」，而「酷刑」卻因此更到了末路。在現代，槍斃是早已不足為奇了，梟首陳屍，也只能博得民眾暫時的鑑賞，而搶劫，綁架，作亂的還是不減少，並且連綁匪也對於別人用起酷刑來了。酷的教育，使人們見酷而不再覺其酷，例如無端殺死幾個民眾，先前是大家就會嚷起來的，現在卻只如見了日常茶飯事。人民真被治得好像厚皮的，沒有感覺的癩象一樣了，但正因為成了癩皮，所以又會踏著殘酷前進，這也是虎吏和暴君所不及料，而即使料及，也還是毫無辦法的。

九月二十日

【注釋】

1 本篇最初發表於一九三三年十月十五日《申報月刊》第二卷第十號，署名洛文。
2 參閱本書〈為了忘卻的紀念〉一文注20。這裏所說的事，見該書第六十回。
3 秦檜（一〇九〇—一一五五），江寧（今南京）人，宋高宗（趙構）時任宰相，是主張降金的內奸，誣殺抗金名將岳飛的主謀。他用麻條、魚鰾逼供的事，見《說岳全傳》第六十回。
4 語見《莊子．胠篋》。文中的《老子》應作《莊子》。
5 張獻忠（一六〇六—一六四六），延安柳樹澗（今陝西定邊東）人，明末農民起義領袖之一。舊史書常有關於他殺人的誇大記載。剝人皮的事，見清代彭遵泗著的《蜀碧》一書。
6 即明成祖朱棣。他原封燕王，起兵推翻建文帝朱允炆後稱帝，建文帝的舊臣景清不肯順從，朱棣「剝其皮，草櫝之，械繫長安門，磔其骨肉。」（見《明史記事本末》）
7 長篇小說，蘇聯作家綏拉菲摩維支著，描寫蘇聯國內戰爭時期一支游擊隊在布爾什維克領導下鬥爭成長的故事。這裏所引的情節，見該書第三十三章。

漫與[1]

地質學上的古生代的秋天，我們不大明白了，至於現在，卻總是相差無幾。假使前年是肅殺的秋天，今年就成了淒涼的秋天，那麼，地球的年齡，怕比天文學家所預測的最短的數日還要短得多多罷。但人事卻轉變得真快，在這轉變中的人，尤其是詩人，就感到了不同的秋，將這感覺，用悲壯的，或淒惋的句子，傳給一切平常人，使彼此可以應付過去，而天地間也常有新詩存在。

前年實在好像是一個悲壯的秋天，市民捐錢，青年拚命，笳鼓的聲音也從詩人的筆下湧出，彷彿真要「投筆從戎」[2]似的。然而詩人的感覺是銳敏的，他未始不知道國民的赤手空拳，所以只好讚美大家的殉難，因此在悲壯裡面，便埋伏著一點空虛。我所記得的，是邵冠華[3]先生的《醒起來罷同胞》（《民國日報》所載）裡的一段——

「同胞，醒起來罷，
踢開了弱者的心，
踢開了弱者的腦，
看，看，看，
看同胞們的血噴出來了，
看同胞們的肉割開來了，
看同胞們的屍體掛起來了。」

鼓鼙之聲要在前線，當進軍的時候，是「作氣」的，但尚且要「再而衰，三而竭」[4]，倘在並無進軍的準備的處所，那就完全是「散氣」的靈丹了，倒使別人的緊張的心情，由此轉成弛緩。所以我曾比之於「嚎喪」[5]，是送死的妙訣，是喪禮的收場，從此使生人又可以在別一境界中，安心樂意的活下去。歷來的文章中，化「敵」為「皇」，稱「逆」為「我朝」，這樣的悲壯的文章就是其間的「蝴蝶餃」[6]，但自然，作手是不必同出於一人的。然而從詩人看來，據說這些話乃是一種「狂吠」[7]。

不過事實真也比評論更其不留情面，僅在這短短的兩年中，昔之義軍，已名「匪徒」，而有些「抗日英雄」[8]，卻早已僑寓姑蘇了，而且連捐款也發生了問題。九一八的紀念日，則華界但有囚車隨著武裝巡捕梭巡，這囚車並非「意圖」拘禁敵人或漢奸，而是專為「意圖乘機搗亂」的「反動分子」所預設的寶座。天氣也真是陰慘，狂風驟雨，報上說是「颶風」，是天地在為中國飲泣，然而在天地之間——人間，這一日卻「平安」的過去了。

於是就成了雖然有些慘澹，卻很「平安」的秋天，正是一個喪家屆了除服之期的景象。但這景象，卻又與詩人非常適合的，我在《醒起來罷同胞》的同一作家的《秋的黃昏》（九月二十五日《時事新報》所載）裡，聽到了幽咽而舒服的聲調——

「我到了秋天便會傷感；到了秋天的黃昏，便會流淚，我已很感覺到我的傷感是受著秋風的波動而興奮地展開，同時自己又像會發現自己的環境是最適合於秋天，細細地撫摩著秋天在自然裡發出的音波，我知道我的命運使我成為秋天的人。……」

釘梢，現在中國所流行的，是無賴子對於摩登女郎，和偵探對於革命青年的釘梢，而對於文人學士們，卻還很少見。假使追躡幾月或幾年試試罷，就會看見許多怎樣的情隨事遷，到底頭頭是道的詩人。

一個活人，當然是總想活下去的，就是真正老牌的奴隸，也還在打熬著要活下去。然而自己明知道是奴隸，打熬著，並且不平著，掙扎著，一面「意圖」掙脫以至實行掙脫的，即使暫時失敗，還是套上了鐐銬罷，他卻不過是單單的奴隸。如果從奴隸生活中尋出「美」來，讚嘆，撫摩，陶醉，那可簡直是萬劫不復的奴才了！他使自己和別人永遠安住於這生活。

就因為奴群中有這一點差別，所以使社會有平安和不安的差別，而在文學上，就分明的顯現了麻醉的和戰鬥的的不同。

九月二十七日

【注釋】

1 本篇最初發表於一九三三年十月十五日《申報月刊》第二卷第十號，署名洛文。
2 語見《後漢書．班固傳》。
3 邵冠華：江蘇宜興人，「民族主義文學」的追隨者。
4 語見《左傳》莊公十年：「一鼓作氣，再而衰，三而竭。」
5 作者曾諷刺「民族主義文學家」的詩為「送喪」時的「哭聲」。參看《二心集．「民族主義文學」的任務和運命》。
6 舊式箱櫃等傢俱掛鎖處用的銅製蝴蝶狀鉸鏈，這裡喻為連接物。
7 邵冠華攻擊作者的話，見上海《新時代月刊》第五卷第三期（一九三三年九月）所載《魯迅的狂吠》。
8 指馬占山、蘇炳文等人。九一八事變後，他們曾在東北局部抵抗過日軍，博得了「抗日英雄」的稱號，各地人民曾捐款慰勞。但不久他們敗退，脫離軍隊赴歐洲遊歷，一九三三年由德國返國，六月五日到上海。馬占山在莫干山小住後即赴華北，蘇炳文則寄寓蘇州。馬占山在上海時說，他們在東北抗日時，僅收到捐款一百七十多萬元；這與估計的約一千萬元相去很遠；因此引起輿論界的不滿。當時曾發動清查運動，但並無結果。

世故三昧[1]

人世間真是難處的地方，說一個人「不通世故」，固然不是好話，但說他「深於世故」也不是好話。「世故」似乎也像「革命之不可不革，而亦不可太革」一樣，不可不通，而亦不可太通的。

然而據我的經驗，得到「深於世故」的惡謚者，卻還是因為「不通世故」的緣故。

現在我假設以這樣的話，來勸導青年人——

「如果你遇見社會上有不平事，萬不可挺身而出，講公道話，否則，事情倒會移到你頭上來，甚至於會被指作反動分子的。如果你遇見有人被冤枉，被誣陷的，即使明知道他是好人，也萬不可挺身而出，去給他解釋或分辯，否則，你就會被人說是他的親戚，或得了他的賄賂；倘使那是女人，就要被疑為她的情人的；如果他較有名，那便是黨羽。例如我自己罷，給一個毫不相干的女士[2]做了一篇信札集的序，人們就說她是我的小姨；紹介一點科學的文藝理論，人們就說得了蘇聯的盧布。親戚和金錢，在目下的中國，關係也真是大，事實給與了教訓，人們看慣了，以為人人都脫不了這關係，原也無足深怪的。

「然而，有些人其實也並不真相信，只是說著玩玩，有趣有趣的。即使有人為了謠言，弄得凌遲碎剮，像明末的鄭鄤[3]那樣了，和自己也並不相干，總不如有趣的緊要。這時你如果去辨正，那就是使大家掃興，結果還是你自己倒楣。我也有一個經驗，那是十多年前，我在教育部裡做「官僚」[4]，常聽得同事說，某女學校的學生，是可以叫出來嫖的[5]，連機關的地址門牌，也說得明明白白。

「有一回我偶然走過這條街，一個人對於壞事情，是記性好一點的，我記起來了，便留心著那門牌，但這一號，卻是一塊小空地，有一口大井，一間很破爛的小屋，是幾個山東人住著賣水的地方，決計做不了別用。待到他們又在談著這事的時候，我便說出我的所見來，而不料大家竟笑容盡斂，不歡而散了，此後不和我談天者兩三月。我事後才悟到打斷了他們的興致，是不應該的。「所以，你最好是莫問是非曲直，一味附和著大家；但更好是不開口；而在更好之上的是連臉上也不顯出心裡的是非的模樣來……」

這是處世法的精義，只要黃河不流到腳下，炸彈不落在身邊，可以保管一世沒有挫折的。但我恐怕青年人未必以我的話為然；便是中年，老年人，也許要以為我是在教壞了他們的子弟。嗚呼，那麼，一片苦心，竟是白費了。

然而倘說中國現在正如唐虞盛世，卻又未免是「世故」之談。耳聞目睹的不算，單是看看報章，也就可以知道社會上有多少不平，人們有多少冤抑。但對於這些事，除了有時或有同業，同鄉，同族的人們來說幾句呼籲的話之外，利害無關的人的義憤的聲音，我們是很少聽到的。這很分明，是大家不開口；或者以為和自己不相干；或者連「以為和自己不相干」的意思也全沒有。「世故」深到不自覺其「深於世故」，這才真是「深於世故」的了。這是中國處世法的精義中的精義。

而且，對於看了我的勸導青年人的話，心以為非的人物，我還有一下反攻在這裡。他是以我為狡猾的。但是，我的話裡，一面固然顯示著我的狡猾，而且無能，但一面也顯示著社會的黑暗。他單責個人，正是最穩妥的辦法，倘使兼責社會，可就得站出去戰鬥了。責人的「深於世故」而避開了「世」不談，這是更「深於世故」的玩藝，倘若自己不覺得，那就更深更深了，離三昧[6]境蓋不遠矣。

不過凡事一說，即落言筌[7]，不再能得三昧。說「世故三昧」者，即非「世故三昧」。三昧真諦，在行而不言；我現在一說「行而不言」，卻又失了真諦，離三昧境蓋益遠矣。

一切善知識[8]，心知其意可也，唵[9]！

十月十三日。

【注釋】

1 本篇最初發表於一九三三年十一月十五日《申報月刊》第二卷第十一號，署名洛文。

2 指金淑姿。一九三二年程鼎興為亡妻金淑姿刊行遺信集，托人請魯迅寫序。魯迅所作的序，後編入《集外集》，題為《〈淑姿的信〉序》。

3 鄭鄤，字謙止，號峚陽，江蘇武進（今常州市）人，明代天啟年間進士。崇禎時溫體仁誣告他不孝杖母，被凌遲處死。

4 陳西瀅攻擊作者的話，見一九二六年一月三十日北京《晨報副刊》所載《致志摩》。

5 在一九二五年女師大風潮中，陳西瀅誣蔑女師大學生可以「叫局」，一九二六年初，北京《晨報副刊》、《語絲》等不斷載有談論此事的文字。

6 佛家語，佛家修身方法之一，也泛指事物的訣要或精義。

7 言語的跡象。《莊子．外物》：「荃（筌）者所以在魚，得魚而忘荃；言者所以在意，得意而忘言。」

8 佛家語，據《法華文句》解釋：「聞名為知，見形為識，是人益我菩提（覺悟）之道，名善知識。」

9 梵文om的音譯，佛經咒語的發聲詞。

謠言世家[1]

雙十佳節[2]，有一位文學家大名湯增敭[3]先生的，在《時事新報》上給我們講光緒時候的杭州的故事。他說那時杭州殺掉許多駐防的旗人，辨別的方法，是因為旗人叫「九」為「鈎」的，所以要他說「九百九十九」，一露馬腳，刀就砍下去了。

這固然是頗武勇，也頗有趣的。但是，可惜是謠言。

中國人裡，杭州人是比較的文弱的人。當錢大王[4]治世的時候，人民被刮得衣褲全無，只用一片瓦掩著下部，然而還要追捐，除被打得麂一般叫之外，並無貳話。

不過這出於宋人的筆記，是謠言也說不定的。但宋明的末代皇帝，帶著沒落的闊人，和暮氣一同滔滔的逃到杭州來，卻是事實，苟延殘喘，要大家有剛決的氣魄，難不難。到現在，西子湖邊還多是搖搖擺擺的雅人；連流氓也少有浙東似的「白刀子進紅刀子出」的打架。自然，倘有軍閥做著後盾，那是也會格外的撒潑的，不過當時實在並無敢於殺人的風氣，也沒有樂於殺人的人們。我們只要看舉了老成持重的湯蟄仙[5]先生做都督，就可以知道是不會流血的了。

不過戰事是有的。革命軍圍住旗營，開槍打進去，裡面也有時打出來。然而圍得並不緊，我有一個熟人，白天在外面逛，晚上卻自進旗營睡覺去了。

雖然如此，駐防軍也終於被擊潰，旗人降服了，房屋被充公是有的，卻並沒有殺戮。口糧當然取消，各人自尋生計，開初倒還好，後來就遭災。

怎麼會遭災的呢？就是發生了謠言。

杭州的旗人一向優遊於西子湖邊，秀氣所鍾，是聰明的，他們知道沒有了糧，只好做生意，於是賣糕的也有，賣小菜的也有。杭州人是客氣的，並不歧視，生意也還不壞。然而祖傳的謠言起來了，說是旗人所賣的東西，裡面都藏著毒藥。這一下子就使漢人避之惟恐不遠，但倒是怕旗人來毒自己，並不是自己想去害旗人。結果是他們所賣的糕餅小菜，毫無生意，只得在路邊出賣那些不能下毒的傢俱。傢俱一完，途窮路絕，就一敗塗地了。這是杭州駐防旗人的收場。

笑裡可以有刀，自稱酷愛和平的人民，也會有殺人不見血的武器，那就是造謠言。但一面害人，一面也害己，弄得彼此懵懵懂懂。古時候無須提起了，即在近五十年來，甲午戰敗，就說是李鴻章[6]害的，因為他兒子是日本的駙馬，罵了他小半世；庚子拳變[7]，又說洋鬼子是挖眼睛的，因為造藥水，就亂殺了一大通。下毒學說起於辛亥光復之際的杭州，而復活於近來排日的時候。我還記得每有一回謠言，就總有誰被誣為下毒的奸細，給誰平白打死了。

謠言世家的子弟，是以謠言殺人，也以謠言被殺的。

至於用數目來辨別漢滿之法，我在杭州倒聽說是出於湖北的荊州的，就是要他們數一二三四，數到「六」字，讀作上聲，便殺卻。但杭州離荊州太遠了，這還是一種謠言也難說。

我有時也不大能夠分清那句是謠言，那句是真話了。

十月十三日。

【注釋】

1 本篇最初發表於一九三三年十一月十五日《申報月刊》第二卷第十一號，署名洛文。

2 一九一一年十月十日，孫中山領導的革命黨人舉行武昌起義（即辛亥革命），次年一月一日建立中華民國。九月二十八日臨時參議院議定十月十日為國慶日紀念日，又稱「雙十節」。

3 「民族主義文學」的鼓吹者。他在一九三三年十月十日上海《時事新報》發表的《辛亥革命逸話》中說：「旗人謂九為鉤。辛亥革命起，旗人皆變裝圖逃，杭人乃偵騎四出，遇可疑者，執而訊之，令其口唱『九百九十九』，如為旗人，則音必讀『鉤百鉤十鉤』也。乃殺之，百無一失。」旗人，清代對編入八旗的人的稱呼，後來一般用以稱呼滿族人。

4 即錢鏐（八五二—九三二），五代時吳越國的國王。據宋代鄭文寶《江表志》記載：「兩浙錢氏，偏霸一方，急徵苛慘，科賦凡欠一斗者多至徒罪。徐瑒嘗使越云：『三更已聞獐麂號叫達曙，問於驛吏，乃縣司徵科也。鄉民多赤體，有被葛褐者，都用竹篾繫腰間，執事非刻理不可，雖貧者亦家累千金。』」

5 湯蟄仙（一八五七—一九一七），即湯壽潛，浙江紹興人。清末進士，武昌起義後曾被推為浙江省都督。

6 李鴻章（一八二三—一九〇一），安徽合肥人，清末北洋大臣，洋務派首領。一八九四年中日甲午戰爭發生，他避戰求和，失敗後，與日本帝國主義簽訂喪權辱國的《馬關條約》。易順鼎在《劾權奸誤國奏》中說：「李鴻章雖奸，尚不及其子李經方之甚。李經方前充出使日本大臣，……所納外婦即倭主睦仁之甥女。……以權奸為丑虜內助，而始有用夷變夏之階；以丑虜為權奸外援，而始有化家為國之漸。」按李經方係李鴻章之侄，曾娶一日本女子為妾。

7 指一九〇〇年（庚子）的義和團（義和拳）運動。

關於婦女解放[1]

孔子曰：「唯女子與小人為難養也，近之則不遜，遠之則怨。」[2]女子與小人歸在一類裡，但不知道是否也包括了他的母親。後來的道學先生們，對於母親，表面上總算是敬重的了，然而雖然如此，中國的為母的女性，還受著自己兒子以外的一切男性的輕蔑。

辛亥革命後，為了參政權，有名的沈佩貞[3]女士曾經一腳踢倒過議院門口的守衛。不過我很疑心那是他自己跌倒的，假使我們男人去踢罷，他一定會還踢你幾腳。這是做女子便宜的地方。還有，現在有些太太們，可以和闊男人並肩而立，在碼頭或會場上照一個照相；或者當汽船飛機開始行動之前，到前面去敲碎一個酒瓶[4]（這或者非小姐不可也說不定，我不知道那詳細）了，也還是做女子的便宜的地方。

此外，又新有了各樣的職業，除女工，為的是她們工錢低，又聽話，因此為廠主所樂用的不算外，別的就大抵只因為是女子，所以一面雖然被稱為「花瓶」，一面也常有「一切招待，全用女子」的光榮的廣告。男子倘要這麼突然的飛黃騰達，單靠原來的男性是不行的，他至少非變狗不可。

這是五四運動後，提倡了婦女解放以來的成績。不過我們還常常聽到職業婦女的痛苦的呻吟，評論家的對於新式女子的譏笑。她們從閨閣走出，到了社會上，其實是又成為給大家開玩笑，發議論的新資料了。

這是因為她們雖然到了社會上，還是靠著別人的「養」；要別人「養」，就得聽人的嘮叨，甚而至於侮辱。我們看看孔夫子的嘮叨，就知道他是為了要「養」而「難」，「近之」「遠之」都不十分妥帖的緣故。這也是現在的男子漢大丈夫的一般的嘆息。也是女子的一般的苦痛。在沒有消滅「養」和「被養」的界限以前，這嘆息和苦痛是永遠不會消滅的。

這並未改革的社會裡，一切單獨的新花樣，都不過一塊招牌，實際上和先前並無兩樣。拿一匹小鳥關在籠中，或給站在竿子上，地位好像改變了，其實還只是一樣的在給別人做玩意，一飲一啄，都聽命於別人。俗語說：「受人一飯，聽人使喚」，就是這。所以一切女子，倘不得到和男子同等的經濟權，我以為所有好名目，就都是空話。自然，在生理和心理上，男女是有差別的；即在同性中，彼此也都不免有些差別，然而地位卻應該同等。必須地位同等之後，才會有真的女人和男人，才會消失了嘆息和苦痛。

在真的解放之前，是戰鬥。但我並非說，女人應該和男人一樣的拿槍，或者只給自己的孩子吸一隻奶，而使男子去負擔那一半。我只以為應該不自苟安於目前暫時的位置，而不斷的為解放思想，經濟等等而戰鬥。解放了社會，也就解放了自己。但自然，單為了現存的惟婦女所獨有的桎梏而鬥爭，也還是必要的。

我沒有研究過婦女問題，倘使必須我說幾句，就只有這一點空話。

十月二十一日。

【注釋】

1 本篇最初發表於何種報刊，待查。

2 這段話見《論語·陽貨》。

3 浙江杭州人，辛亥革命時組織「女子北伐隊」，民國初年曾任袁世凱總統府顧問。

4 這是西方傳入的一種儀式，叫擲瓶禮：在船艦、飛機首航前，由官眷或女界名流將一瓶繫有彩帶的香檳酒在船身或機身上擲碎，以示祝賀。

火[1]

普洛美修斯[2]偷火給人類，總算是犯了天條，貶入地獄。但是，鑽木取火的燧人氏卻似乎沒有犯竊盜罪，沒有破壞神聖的私有財產——那時候，樹木還是無主的公物。然而燧人氏[3]也被忘卻了，到如今只見中國人供火神菩薩[4]，不見供燧人氏的。

火神菩薩只管放火，不管點燈。凡是火著就有他的份。因此，大家把他供養起來，希望他少作惡。然而如果他不作惡，他還受得著供養麼，你想？

點燈太平凡了。從古至今，沒有聽到過點燈出名的名人，雖然人類從燧人氏那裡學會了點火已經有五六千年的時間。放火就不然。秦始皇[5]放了一把火——

燒了書沒有燒人；項羽[6]入關又放了一把火——燒的是阿房宮不是民房（？——待考）。……羅馬的一個什麼皇帝[7]卻放火燒百姓了；中世紀正教的僧侶就會把異教徒當柴火燒，間或還灌上油。這些都是一世之雄。現代的希特拉[8]就是活證人。如何能不供養起來。何況現今是進化時代，火神菩薩也代代跨灶[9]的。

譬如說罷，沒有電燈的地方，小百姓不顧什麼國貨年，人人都要買點洋貨的煤油，晚上就點起來：那麼幽黯的黃澄澄的光線映在紙窗上，多不大方！不准，不准這麼點燈！你們如果要光明的話，非得禁止這樣「浪費」煤油不可。煤油應當扛到田地裡去，灌進噴筒，呼啦呼啦的噴起來……一場大火，幾十里路的延燒過去，稻禾，樹木，房舍——尤其是草棚——一會兒都變成飛灰了。還不夠，就有燃燒彈，硫磺彈，從飛機上面扔下來，像上海一二八的大火似的，夠燒幾天幾晚。那才是偉大的光明呵。

火神菩薩的威風是這樣的。可是說起來，他又不承認：火神菩薩據說原是保佑小民的，至於火災，卻要怪小民自不小心，或是為非作歹，縱火搶掠。

誰知道呢？歷代放火的名人總是這樣說，卻未必總有人信。

我們只看見點燈是平凡的，放火是雄壯的，所以點燈就被禁止，放火就受供養。你不見海京伯馬戲團[10]麼：宰了耕牛餵老虎，原是這年頭的「時代精神」。

十一月二日。

【注釋】

1 本篇最初發表於一九三三年十二月十五日《申報月刊》第二卷第十二號，署名洛文。

2 希臘神話中造福人類的神。相傳他從主神宙斯那裏偷了火種給予人類，受到宙斯的懲罰，被釘在高加索山的岩石上，讓神鷹啄食肝臟。

3 古代傳說中發明鑽木取火、教人熟食。

4 傳說中的火神有祝融、回祿等，他們的名字也用作火災的代稱。

5 嬴政（前二五九—前二一〇），戰國時秦國的國君，秦王朝的建立者。據《史記·秦始皇本紀》，他於西元前二一三年，採納丞相李斯的建議下令焚書，凡「史官非秦記，皆燒之。非博士官所職，天下敢有藏《詩》、《書》、百家語者，悉詣守尉雜燒之。」

6 項羽（前二三二—前二〇二）名籍，秦末農民起義領袖之一。出身楚國貴族。據《史記·項羽本紀》，西元前二〇六年他進兵秦國首都咸陽時，「燒秦宮室（按即阿房宮），火三月不滅。」

7 指羅馬皇帝尼祿（Nero Claudius Caesar，三七—六八），相傳他曾在西元六十四年放火焚燒羅馬城。

8 即希特勒。他在一九三三年二月二十七日製造「國會縱火案」，焚燒了國會大廈，卻嫁禍於德國共產黨人，作為鎮壓共產黨和革命人民的藉口。

9 馬的前蹄下有個空隙，稱灶門。快馬奔馳時，後蹄蹄印落在前蹄蹄印之前，叫做「跨灶」。人們以此比喻兒子勝過父親。

10 德國馴獸家海京伯（一八四四—一九一三）創辦的馬戲團，一九三三年十月曾來我國上海表演。

論翻印木刻[1]

麥綏萊勒的連環圖畫四種[2]出版並不久，日報上已有了種種的批評，這是向來的美術書出版後未能遇到的盛況，可見讀書界對於這書，是十分注意的。但議論的要點，和去年已不同：去年還是連環圖畫是否可算美術的問題，現在卻已經到了看懂這些圖畫的難易了。

出版界的進行可沒有評論界的快。其實，麥綏萊勒的木刻的翻印，是還在證明連環圖畫確可以成為藝術這一點的。現在的社會上，有種種讀者層，出版物自然也就有種種，這四種是供給智識者層的圖畫。然而為什麼有許多地方很難懂得呢？我以為是由於經歷之不同。同是中國人，倘使曾經見過飛機救國或「下蛋」，則在圖上看見這東西，即刻就懂，但若歷來未嘗躬逢這些盛典的人，恐怕只能看作風箏或蜻蜓罷了。

有一種自稱「中國文藝年鑑社」，而實是匿名者們所編的《中國文藝年鑑》[3]在它的所謂「鳥瞰」中，曾經說我所發表的《連環圖畫辯護》雖將連環圖畫的藝術價值告訴了蘇汶先生，但「無意中卻把要是德國版畫那類藝術作品搬到中國來，是否能為一般大眾所理解，即是否還成其為大眾藝術的問題忽略了過去，而且這種解答是對大眾化的正題沒有直接意義的」。

這真是倘不是能編《中國文藝年鑑》的選家，就不至於說出口來的聰明話，因為我本也「不」在討論將「德國版畫搬到中國來，是否為一般大眾所理解」；所辯護的只是連環圖畫可以成為藝術，使青年藝術學徒不被曲說所迷，敢於創作，並且逐漸產生大眾化的作品而已。假使我真如那編者所希望，「有意的」來說德國版畫是否就是中國的大眾藝術，這可至少也得歸入「低能」一類裡去了。

但是，假使一定要問：「要是德國版畫那類藝術作品搬到中國來，是否能為一般大眾所理解」呢？那麼，我也可以回答：假使不是立方派[4]，未來派[5]等等的古怪作品，大概該能夠理解一點。所理解的可以比看一本《中國文藝年鑑》

多，也不至於比看一本《西湖十景》少。

風俗習慣，彼此不同，有些當然是莫明其妙的，但這是人物，這是屋宇，這是樹木，卻能夠懂得，到過上海的，也就懂得畫裡的電燈，電車，工廠。尤其合式的是所畫的是故事，易於講通，易於記得。古之雅人，曾謂婦人俗子，看畫必問這是什麼故事，大可笑。中國的雅俗之分就在此：雅人往往說不出他以為好的畫的內容來，俗人卻非問內容不可。從這一點看，連環圖畫是宜於俗人的，但我在《連環圖畫辯護》中，已經證明了它是藝術，傷害了雅人的高超了。

然而，雖然只對於智識者，我以為紹介了麥綏萊勒的作品也還是不夠的。同是木刻，也有刻法之不同，有思想之不同，有加字的，有無字的，總得翻印好幾種，才可以窺見現代外國連環圖畫的大概。而翻印木刻畫，也較易近真，有益於觀者。

我常常想，最不幸的是在中國的青年藝術學徒了，學外國文學可看原書，學西洋畫卻總看不到原畫。自然，翻板是有的，但是，將一大幅壁畫縮成明信片那麼大，怎能看出真相？大小是很有關係的，假使我們將象縮小如豬，老虎縮小如鼠，怎麼還會令人覺得原先那種氣魄呢。木刻卻小品居多，所以翻刻起來，還不至於大相遠。

但這還僅就紹介給一般智識者的讀者層而言，倘為藝術學徒設想，鋅版的翻印也還不夠。太細的線，鋅版上是容易消失的，即使是粗線，也能因強水浸蝕的久暫而不同，少浸太粗，久浸就太細，中國還很少製版適得其宜的名工。要認真，就只好來用玻璃版，我翻印的《士敏土之圖》[6]二百五十本，在中國便是首先的試驗。

施蟄存先生在《大晚報》附刊的《火炬》上說：「說不定他是像魯迅先生印珂羅版本木刻圖一樣的是私人精印本，屬於罕見書之列」[7]，就是在譏笑這一件事。我還親自聽到過一位青年在這「罕見書」邊說，寫著只印二百五十部，是騙人的，一定印的很多，印多報少，不過想抬高那書價。

他們自己沒有做過「私人精印本」的可笑事，這些笑罵是都無足怪的。我只因為想供給藝術學徒以較可靠的木刻翻本，就用原畫來製玻璃版，但製這版，是每製一回只能印三百幅的，多印即須另製，假如每製一幅則只印一張或多至三百張，製印費都是三元，印三百以上到六百張即需六元，九百張九元，外加紙張費。

倘在大書局，大官廳，即使印一萬二千本原也容易辦，然而我不過一個「私人」；並非繁銷書，而竟來「精印」，那當然不免為財力所限，只好單印一版了。但幸而還好，印本已經將完，可知還有人看見；至於為一般的讀者，則早已用鋅版複製，插在譯本《士敏土》裡面了，然而編輯兼批評家卻不屑道。

人不嚴肅起來，連指導青年也可以當作開玩笑，但僅印十來幅圖，認真地想過幾回的人卻也有的，不過自己不多說。我這回寫了出來，是在向青年藝術學徒說明珂羅版一版只印三百部，是製版上普通的事，並非故意要造「罕見書」，並且希望有更多好事的「私人」，不為不負責任的話所欺，大家都來製造「精印本」。

十一月六日。

【注釋】

1 本篇最初發表於一九三三年十一月二十五日《濤聲》第二卷第四十六期，署名旅隼。

2 參看本書《〈一個人的受難〉序》注4。

3 指一九三二年《中國文藝年鑑》，杜衡、施蟄存以「中國文藝年鑑社」名義編選，上海現代書局出版。「鳥瞰」，指該書中的《一九三二年中國文壇鳥瞰》一文，它歪曲魯迅鼓勵青年藝術家創作大眾化作品的意見說：「蘇汶……對舊形文藝（舉例說，是連環圖畫）的藝術價值表示懷疑。因辯解這種懷疑，魯迅便發表了他的《連環圖畫辯護》，他告訴蘇汶說，像德國版畫那種連環圖畫也是有藝術價值的。但是魯迅無意中卻把要是德國版畫那類藝術品搬到中國來，是否能為一般大眾所理解，即是否還成其為大眾藝術的問題忽略了過去，而且這種解答是對大眾化的正題沒有直接意義的。」

4 即立體派，二十世紀初形成於法國的一種資產階級藝術流派。它反對客觀地描繪事物，主張以幾何學圖形（立方體、球體和圓錐體）作為造型藝術的基礎，作品構圖怪誕。

5 二十世紀初形成於義大利的一種資產階級藝術流派。它否定文化遺產和一切傳統，強調表現現代機械文明。形式離奇，難於理解。

6 即《梅斐爾德木刻士敏土之圖》，共十幅，魯迅自費影印，一九三〇年九月以「三閒書屋」名義出版。

7 這是施蟄存在《推薦者的立場》一文中的話，魯迅曾將該文錄入《准風月談·撲空》的「備考」。

《木刻創作法》序[1]

地不問東西，凡木刻的圖版，向來是畫管畫，刻管刻，印管印的。中國用得最早，而照例也久經衰退；清光緒中，英人傅蘭雅[2]氏編印《格致匯編》，插圖就已非中國刻工所能刻，精細的必需由英國運了圖版來。那就是所謂「木口木刻」[3]，也即「複製木刻」，和用在編給印度人讀的英文書，後來也就移給中國人讀的英文書上的插畫，是同類的。

那時我還是一個兒童，見了這些圖，便震驚於它的精工活潑，當作寶貝看。到近幾年，才知道西洋還有一種由畫家一手造成的版畫，也就是原畫，倘用木版，便叫作「創作木刻」，是藝術家直接的創作品，毫不假手於刻者和印者的。

現在我們所要紹介的，便是這一種。

為什麼要紹介呢？據我個人的私見，第一是因為好玩。說到玩，自然好像有些不正經，但我們抄書寫字太久了，誰也不免要息息眼，平常是看一會窗外的天。假如有一幅掛在牆壁上的畫，那豈不是更其好？倘有得到名畫的力量的人物，自然是無須乎此的，否則，一張什麼複製縮小的東西，實在遠不如原版的木刻，既不失真，又省耗費。自然，也許有人要指為「要以『今雅』立國」[4]的，但比起「古雅」來，不是已有「古」「今」之別了麼？

第二，是因為簡便。現在的金價很貴了，一個青年藝術學徒想畫一幅畫，畫布顏料，就得花一大批錢；畫成了，倘使沒法展覽，就只好請自己看。木刻是無需多花錢的，只用幾把刀在木頭上劃來劃去——這也許未免說得太容易了——就如印人的刻印一樣，可以成為創作，作者也由此得到創作的歡喜。印了出來，就能將同樣的作品，分給別人，使許多人一樣的受到創作的歡喜。總之，是比別種作法的作品，普遍性大得遠了。

第三，是因為有用。這和「好玩」似乎有些衝突，但其實也不盡然的，要看所玩的是什麼。打馬將恐怕是終於沒有出息的了；用火藥做花炮玩，推廣起來卻就可以造槍炮。大炮，總算是實用不過的罷，而安特萊夫一有錢，卻將它裝在自己的庭園裡當玩藝。木刻原是小富家兒藝術，然而一用在刊物的裝飾，文學或科學書的插畫上，也就成了大家的東西，是用不著多說的。

這實在是正合於現代中國的一種藝術。

但是至今沒有一本講說木刻的書，這才是第一本。雖然稍簡略，卻已經給了讀者一個大意。由此發展下去，路是廣大得很。題材會豐富起來的，技藝也會精煉起來的，採取新法，加以中國舊日之所長，還有開出一條新的路徑來的希望。那時作者各將自己的本領和心得貢獻出來，中國的木刻界就會發生光焰。這書雖然因此要成為不過一粒星星之火，但也夠有歷史上的意義了。

一九三三年十一月九日，魯迅記。

【注釋】

1 本篇在收入本書前未在報刊上發表過。

《木刻創作法》，白危編譯的關於木刻的入門書，一九三七年一月上海讀書生活出版社出版。

2 傅蘭雅（J.Fryer，一八三九－一九二八）英國教士。一八六一年（清咸豐十一年）來我國傳教，一八七五年（清光緒元年）在上海與人合辦「格致書院」，次年出版專刊西方自然科學論著摘要和科學情報資料的《格致匯編》（季刊），時斷時續，至一八九二年共出二十八本。該刊附有大量刻工精細的插圖。

3 即在木頭橫斷面上進行的雕刻。

4 這是施蟄存在《「莊子」與「文選」》一文中攻擊魯迅的話：「新文學家中，也有玩木刻，考究版本，收羅藏書票，以駢體文為白話書信作序，甚至寫字臺上陳列了小擺設的，照豐先生的意見說來，難道他們是要以『今雅』立足於天地之間嗎？」魯迅曾將該文錄入《准風月談「感舊」以後（上）》的「備考」。

作文秘訣[1]

現在竟還有人寫信來問我作文的秘訣。

我們常常聽到：拳師教徒弟是留一手的，怕他學全了就要打死自己，好讓他稱雄。在實際上，這樣的事情也並非全沒有，逢蒙殺羿[2]就是一個前例。逢蒙遠了，而這種古氣是沒有消盡的，還加上了後來的「狀元癮」，科舉雖然久廢，至今總還要爭「唯一」，爭「最先」。遇到有「狀元癮」的人們，做教師就危險，拳棒教完，往往免不了被打倒，而這位新拳師來教徒弟時，卻以他的先生和自己為前車之鑒，就一定留一手，甚而至於三四手，於是拳術也就「一代不如一代」了。

還有，做醫生的有秘方，做廚子的有秘法，開點心鋪子的有秘傳，為了保全自家的衣食，聽說這還只授兒婦，不教女兒，以免流傳到別人家裡去，「秘」是中國非常普遍的東西，連關於國家大事的會議，也總是「內容非常秘密」，大家不知道。但是，作文卻好像偏偏並無秘訣，假使有，每個作家一定是傳給子孫的了，然而祖傳的作家很少見。自然，作家的孩子們，從小看慣書籍紙筆，眼格也許比較的可以大一點罷，不過不見得就會做。目下的刊物上，雖然常見什麼「父子作家」「夫婦作家」的名稱，彷彿真能從遺囑或情書中，密授一些什麼秘訣一樣，其實乃是肉麻當有趣，妄將做官的關係用到作文上去了。

那麼，作文真就毫無秘訣麼？卻也並不。我曾經講過幾句做古文的秘訣[3]，是要通篇都有來歷，而非古人的成文；也就是通篇是自己做的，而又全非自己所做，個人其實並沒有說什麼；也就是「事出有因」，而又「查無實據」。到這樣，便「庶幾乎免於大過也矣」[4]了。簡而言之，實不過要做得「今天天氣，哈哈哈……」而已。

這是說內容。至於修辭，也有一點秘訣：一要朦朧，二要難懂。那方法，是：縮短句子，多用難字。譬如罷，作文論秦朝事，寫一句「秦始皇乃始燒書」，是不算好文章的，必須翻譯一下，使它不容易一目了然才好。這時就用得著《爾雅》，《文選》[5]了，其實是只要不給別人知道，查查《康熙字典》[6]也不妨的。動手來改，成為「始皇始焚書」，就有些「古」起來，到得改成「政俶燔典」，那就簡直有了班馬[7]氣，雖然跟著也令人不大看得懂。

但是這樣的做成一篇以至一部，是可以被稱為「學者」的，我想了半天，只做得一句，所以只配在雜誌上投稿。

我們的古之文學大師，就常常玩著這一手。班固先生的「紫色鼃聲，餘分閏位」[8]，就將四句長句，縮成八字的；揚雄[9]先生的「蠢迪檢柙」，就將「動由規矩」這四個平常字，翻成難字的。《綠野仙蹤》[10]記塾師詠「花」，有句云：「媳釵俏矣兒書廢，哥罐聞焉嫂棒傷。」自說意思，是兒婦折花為釵，雖然俏麗，但恐兒子因而廢讀；下聯較費解，是他的哥哥折了花來，沒有花瓶，就插在瓦罐裡，以嗅花香，他嫂嫂為防微杜漸起見，竟用棒子連花和罐一起打壞了。這算是對於冬烘先生的嘲笑。然而他的作法，其實是和揚班並無不合的，錯只在他不用古典而用新典。這一個所謂「錯」，就使《文選》之類在遺老遺少們的心眼裡保住了威靈。

做得朦朧，這便是所謂「好」麼？答曰：也不盡然，其實是不過掩了醜。但是，「知恥近乎勇」[11]，掩了醜，也就彷彿近乎好了。摩登女郎披下頭髮，中年婦人罩上面紗，就都是朦朧術。人類學家解釋衣服的起源有三說：一說是因為男女知道了性的羞恥心，用這來遮羞；一說卻以為倒是用這來刺激；還有一種是說因為老弱男女，身體衰瘦，露著不好看，蓋上一些東西，借此掩掩醜的。從修辭學的立場上看起來，我贊成後一說。現在還常有駢四儷六，典麗堂皇的祭文，挽聯，宣言，通電，我們倘去查字典，翻類書，剝去它外面的裝飾，翻成白話文，試看那剩下的是怎樣的東西呵?!

不懂當然也好的。好在那裡呢？即好在「不懂」中。但所慮的是好到令人不能說好醜，所以還不如做得它「難懂」：有一點懂，而下一番苦功之後，所懂的也比較的多起來。

我們是向來很有崇拜「難」的脾氣的，每餐吃三碗飯，誰也不以為奇，有人每餐要吃十八碗，就鄭重其事的寫在筆記上；用手穿針沒有人看，用腳穿針就可以搭帳篷賣錢；一幅畫片，平淡無奇，裝在匣子裡，挖一個洞，化為西洋鏡，人們就張著嘴熱心的要看了。況且同是一事，費了苦功而達到的，也比並不費力而達到的的可貴。譬如到什麼廟裡去燒香罷，到山上的，比到平地上的可貴；三步一拜才到廟裡的廟，和坐了轎子一徑抬到的廟，即使同是這廟，在到達者的心裡的可貴的程度是大有高下的。作文之貴乎難懂，就是要使讀者三步一拜，這才能夠達到一點目的的妙法。

寫到這裡，成了所講的不但只是做古文的秘訣，而且是做騙人的古文的秘訣了。但我想，做白話文也沒有什麼大兩樣，因為它也可以夾些僻字，加上朦朧或難懂，來施展那變戲法的障眼的手巾的。倘要反一調，就是「白描」。

「白描」卻並沒有秘訣。如果要說有，也不過是和障眼法反一調：有真意，去粉飾，少做作，勿賣弄而已。

十一月十日。

【注釋】

1 本篇最初發表於一九三三年十二月十五日《申報月刊》第二卷第十二號，署名洛文。

2 見《孟子．離婁》：「逢蒙學射於羿，盡羿之道；思天下惟羿為愈己，於是殺羿。」按逢蒙亦作逄蒙。

3 指一九三〇年寫的《做古文和做好人的秘訣》，後收入《二心集》。

4 我國最早解釋詞義的書，大概成書於春秋至西漢初年，今本十九篇。

《文選》，南朝梁昭明太子蕭統編選的從先秦到齊、梁的各體文章的總集，共六十卷。

6 清代康熙年間張玉書等奉旨編撰，共四十二卷，收四萬七千餘字，一七一六年（康熙五十五年）開始印行。

7 指班固、司馬遷。他們都是漢代史學家、文學家。

8 語見《漢書·王莽傳》，指王莽「篡位」這件事。據唐代顏師古注：「應劭曰：紫，間色；鼃，邪音也。服虔曰：言莽不得正王之命，如歲月之餘分為閏也。」

9 揚雄（西元前五三—十八）一作楊雄，字子雲，成都（今屬四川）人，西漢文學家、語言文字學家。他的著作，明人輯有《楊子雲集》五卷。

「蠢迪檢柙」，語見《法言·序》。據東晉李軌注：「蠢，動也；迪，道也；撿押，猶隱括也。言君子舉動，則當蹈規矩。」按撿押，當作檢柙。

10 長篇小說，清代李百川著。這裡所說塾師詠「花」的故事，見於該書第六回《評詩賦大失腐儒心》。

11 語見《禮記·中庸》。

搗鬼心傳[1]

中國人又很有些喜歡奇形怪狀，鬼鬼祟祟的脾氣，愛看古樹發光比大麥開花的多，其實大麥開花他向來也沒有看見過。於是怪胎畸形，就成為報章的好資料，替代了生物學的常識的位置了。最近在廣告上所見的，有像所謂兩頭蛇似的兩頭四手的胎兒，還有從小肚上生出一隻腳來的三腳漢子。

固然，人有怪胎，也有畸形，然而造化的本領是有限的，他無論怎麼怪，怎麼畸，總有一個限制：孿兒可以連背，連腹，連臀，連脅，或竟駢頭，卻不會將頭生在屁股上；形可以駢拇，枝指，缺肢，多乳，卻不會兩腳之外添出一隻腳來，好像「買兩送一」的買賣。天實在不及人之能搗鬼。

但是，人的搗鬼，雖勝於天，而實際上本領也有限。因為搗鬼精義，在切忌發揮，亦即必須含蓄。蓋一加發揮，能使所搗之鬼分明，同時也生限制，故不如含蓄之深遠，而影響卻又因而模糊了。「有一利必有一弊」，我之所謂「有限」者以此。

清朝人的筆記裡，常說羅兩峰[2]的《鬼趣圖》，真寫得鬼氣拂拂；後來那圖由文明書局印出來了，卻不過一個奇瘦，一個矮胖，一個臃腫的模樣，並不見得怎樣的出奇，還不如只看筆記有趣。小說上的描摹鬼相，雖然竭力，也都不足以驚人，我覺得最可怕的還是晉人所記的臉無五官，渾淪如雞蛋的山中厲鬼[3]。因為五官不過是五官，縱使苦心經營，要它凶惡，總也逃不出五官的範圍，現在使它渾淪得莫名其妙，讀者也就怕得莫名其妙了。然而其「弊」也，是印象的模糊。不過較之寫些「青面獠牙」，「口鼻流血」的笨伯，自然聰明得遠。

中華民國人的宣布罪狀大抵是十條，然而結果大抵是無效。古來盡多壞人，十條不過如此，想引人的注意以至活動是絕不會的。駱賓王作《討武曌檄》[4]，那「入宮見嫉，蛾眉不肯讓人，掩袖工讒，狐媚偏能惑主」這幾句，恐怕是很費點心機的了，但相傳武后看到這裡，不過微微一笑。

是的，如此而已，又怎麼樣呢？聲罪致討的明文，那力量往往遠不如交頭接耳的密語，因為一是分明，一是莫測的。我想假使當時駱賓王站在大眾之前，只是攢眉搖頭，連稱「壞極壞極」，卻不說出其所謂壞的實例，恐怕那效力會在文章之上的罷。「狂飆文豪」高長虹[5]攻擊我時，說道劣跡多端，倘一發表，便即身敗名裂，而終於並不發表，是深得搗鬼正脈的；但也竟無大效者，則與廣泛俱來的「模糊」之弊為之也。

明白了這兩例，便知道治國平天下之法，在告訴大家以有法，而不可明白切實的說出何法來。因為一說出，即有言，一有言，便可與行相對照，所以不如示之以不測。不測的威稜使人萎傷，不測的妙法使人希望——饑荒時生病，打仗時做詩，雖若與治國平天下不相干，但在莫明其妙中，卻能令人疑為跟著自有治國平天下的妙法在——然而其「弊」也，卻還是照例的也能在模糊中疑心到所謂妙法，其實不過是毫無方法而已。

搗鬼有術，也有效，然而有限，所以以此成大事者，古來無有。

十一月二十二日。

【注釋】

1 本篇最初發表於一九三四年一月十五日《申報月刊》第三卷第一號，署名羅憮。心傳，佛教禪宗用語，指不立文字，不依經卷，只憑師徒心心相印來傳法授受。

2 羅兩峰（一七三三－一七九九）名聘，字遯夫，江蘇甘泉（今江都）人，清代畫家。《鬼趣圖》，是一幅諷刺世態的畫，當時不少文人曾為它題詠。

3 這裡所說的山中厲鬼，見南朝宋人郭季產的《集異記》：「中山劉玄，居越城。日暮，忽見一人著烏褲褶來，取火照之，面首無七孔，面莽儻然。」（據魯迅《古小說鉤沈》）

4 駱賓王（約六四〇－六八四）義烏（今屬浙江）人，唐代詩人。曾隨徐敬業反對武則天，著有《代徐敬業討武白檄》。據《新唐書·駱賓王傳》，他「為敬業傳檄天下，斥武后罪。後讀，但嘻笑」。

5 一九二四年在北京組織文學團體狂飆社，一九二六年十月在上海出版《狂飆》週刊。他經常在該刊上發表攻擊魯迅的文章。這裡所引的話，見《狂飆》第十七期（一九二七年一月）的《我走出了化石的世界》中說：「若夫其他瑣事，如狂飆社以直報怨，則魯迅不特身心交病，且將身敗名裂矣！我們是青年，我們有的是同情，所以我們絕不為已甚。」

家庭為中國之基本[1]

中國的自己能釀酒，比自己來種鴉片早，但我們現在只聽說許多人躺著吞雲吐霧，卻很少見有人像外國水兵似的滿街發酒瘋。唐宋的蹋球，久已失傳，一般的娛樂是躲在家裡徹夜叉麻雀。從這兩點看起來，我們在從露天下漸漸的躲進家裡去，是無疑的。古之上海文人，已嘗慨乎言之，曾出一聯，索人屬對，道：「三鳥害人鴉雀鴿」，「鴿」是彩票，雅號獎券，那時卻稱為「白鴿票」的。但我不知道後來有人對出了沒有。

不過我們也並非滿足於現狀，是身處斗室之中，神馳宇宙之外，抽鴉片者享樂著幻境，叉麻雀者心儀於好牌。簷下放起爆竹，是在將月亮從天狗嘴裡救出；

劍仙坐在書齋裡，哼的一聲，一道白光，千萬里外的敵人可被殺掉了，不過飛劍還是回家，鑽進原先的鼻孔去，因為下次還要用。這叫做千變萬化，不離其宗。所以學校是從家庭裡拉出子弟來，教成社會人才的地方，而一鬧到不可開交的時候，還是「交家長嚴加管束」云。

「骨肉歸於土，命也；若夫魂氣，則無不之也，無不之也！」[2]一個人變了鬼，該可以隨便一點了罷，而活人仍要燒一所紙房子，請他住進去，闊氣的還有打牌桌，鴉片盤。成仙，這變化是很大的，但是劉太太偏捨不得老家，定要運動到「拔宅飛升」[3]，連雞犬都帶了上去而後已，好依然的管家務，飼狗，餵雞。

我們的古今人；對於現狀，實在也願意有變化，承認其變化的。變鬼無法，成仙更佳，然而對於老家，卻總是死也不肯放。我想，火藥只做爆竹，指南針只看墳山，恐怕那原因就在此。

現在是火藥蛻化為轟炸彈，燒夷彈，裝在飛機上面了，我們卻只能坐在家裡等他落下來。自然，坐飛機的人是頗有了的，但他那裡是遠征呢，他為的是可以快點回到家裡去。家是我們的生處，也是我們的死所。

十二月十六日。

【注釋】

1 本篇最初發表於一九三四年一月十五日《申報月刊》第三卷第一號，署名羅憮。

2 這段話見《禮記·檀弓》：「骨肉歸復於上，命也；若魄氣則無不之也，無不之也！」

3 據《全後漢文》中的《仙人唐公房碑》記載，相傳唐公房認識一個仙人，能獲得「神藥」。有一次，他觸怒了太守，太守想逮捕他和他的妻子，「公房乃先歸於谷口，呼其師告以危急。其師與之歸，以藥飲公房妻子曰：『可去矣。』妻子戀家不忍去。又曰：『豈欲得家俱去乎？』妻子曰：『固所願也。』於是乃以藥塗屋柱，飲牛馬六畜。須臾有大風玄雲來迎，公房妻子，屋宅六畜，倐然與之俱去。」又東晉葛洪《神仙傳》也載有關於漢代淮南王劉安的類似傳說，劉安服藥仙去時，「餘藥棄置在中庭，雞犬舐啄之，盡得升天。」

《總退卻》序[1]

中國久已稱小說之類為「閒書」，這在五十年前為止，是大概真實的，整日價辛苦做活的人，就沒有工夫看小說。所以凡看小說的，他就得有餘暇，既有餘暇，可見是不必怎樣辛苦做活的了，成仿吾先生曾經斷之曰：「有閒，即是有錢！」[2]者以此。

誠然，用經濟學的眼光看起來，在現制度之下，「閒暇」恐怕也確是一種「富」。但是，窮人們也愛小說，他們不識字，就到茶館裡去聽「說書」，百來回的大部書，也要每天一點一點的聽下去。不過比起整天做活的人們來，他們也還是較有閒暇的。要不然，又那有工夫上茶館，那有閒錢做茶錢呢？

小說之在歐美，先前又何嘗不這樣。後來生活艱難起來了，為了維持，就缺少餘暇，不再能那麼悠悠忽忽。只是偶然也還想借書來休息一下精神，而又耐不住嘮叨不已，破費工夫，於是就使短篇小說交了桃花運。這一種洋文壇上的趨勢，也跟著古人之所謂「歐風美雨」，衝進中國來，所以「文學革命」以後，所產生的小說，幾乎以短篇為限。但作者的才力不能構成巨制，自然也是一個很大的原因。

而且書中的主角也變換了。古之小說，主角是勇將策士，俠盜贓官，妖怪神仙，佳人才子，後來則有妓女嫖客，無賴奴才之流。「五四」以後的短篇裡卻大抵是新的智識者登了場，因為他們是首先覺到了在「歐風美雨」中的飄搖的，然而總還不脫古之英雄和才子氣。

現在可又不同了，大家都已感到飄搖不再要聽一個特別的人的運命。某英雄在柏林拊髀看天，某天才在泰山搥胸泣血，還有誰會轉過臉去呢？他們要知道，感覺得更廣大，更深邃了。

這一本集子就是這一時代的出產品，顯示著分明的蛻變，人物並非英雄，風光也不旖旎，然而將中國的眼睛點出來了。我以為作者的寫工廠，不及她的寫農村，但也許因為我先前較熟於農村，否則，是作者較熟於農村的緣故罷。

一九三三年十二月二十五夜，魯迅記。

【注釋】

1 本篇在收入本書前未在報刊上發表過。《總退卻》，葛琴的短篇小說集，一九三七年三月上海良友圖書印刷公司出版，內收短篇小說七篇，與魯迅作序時的篇目有出入。

2 李初梨在《文化批判》第二號（一九二八年二月）《怎樣地建設革命文學》一文中，引用成仿吾的話，說魯迅等是「有閒階級」，並說，「我們知道，在現在的資本主義社會，有閒階級，就是有錢階級。」

答楊邨人先生公開信[1]

《文化列車》[2]破格的開到我的書桌上面，是十二月十日開車的第三期，託福使我知道了近來有這樣一種雜誌，並且使我看見了楊邨人[3]先生給我的公開信，還要求著答覆。

對於這一種公開信，本沒有一定給以答覆的必要的，因為它既是公開，那目的其實是在給大家看，對我個人倒還在其次。但是，我如果要回答也可以，不過目的也還是在給大家看，要不然，不是只要直接寄給個人就完了麼？因為這緣故，所以我在回答之前，應該先將原信重抄在下面——

魯迅先生：

讀了李儵先生（不知道是不是李又燃先生，抑或曹聚仁先生的筆名）的《讀偽自由書》一文，近末一段說：

「讀著魯迅：《偽自由書》，便想到魯迅先生的人。那天，見魯迅先生吃飯，咀嚼時牽動著筋肉，連胸肋骨也拉拉動的，魯迅先生是老了！我當時不禁一股酸味上心頭。記得從前看到父親的老態時有過這樣的情緒，現在看了魯迅先生的老態又重溫了一次。這都是使司馬懿之流，快活的事，何況旁邊早變心了魏延。」

（這末一句照原文十個字抄，一字無錯，確是妙文！）

不禁令人起了兩個感想：一個是我們敬愛的魯迅先生老了，一個是我們敬愛的魯迅先生為什麼是諸葛亮？先生的「旁邊」那裡來的「早變心了的魏延」？無產階級大眾何時變成了阿斗？

第一個感想使我惶恐萬分！我們敬愛的魯迅先生老了，這是多麼令人驚心動魄的事！記得《吶喊》在北京最初出版的時候（大概總在十年前），我拜讀之後，景仰不置，曾為文介紹頌揚，揭登於張東蓀先生編的《學燈》，在當時我的敬愛先生甚於敬愛創造社四君子。其後一九二八年《語絲》上先生為文譏誚我們，雖然兩方論戰絕無感情，可是論戰是一回事，私心敬愛依然如昔。

一九三〇年秋先生五十壽辰的慶祝會上，我是參加慶祝的一個，而且很親切地和先生一起談天，私心很覺榮幸。左聯有一次大會在一個日本同志家裡開著，我又和先生見面，十分快樂。可是今年我脫離共產黨以後，在左右夾攻的當兒，《藝術新聞》與《出版消息》都登載著先生要「噓」我的消息，說是書名定為：《北平五講與上海三噓》，將對我「用噓的方式加以襲擊」，而且將我與梁實秋張若谷同列，這自然是引起我的反感，所以才有《新儒林外史第一回》之作。

但在《新儒林外史第一回》裡頭只說先生出陣交戰用的是大刀一詞加以反攻的諷刺而已。其中引文的情緒與態度都是敬愛先生的。文中的意義卻是以為先生對我加以「噓」的襲擊未免看錯了敵人吧了。

到了拜讀大著《兩地書》以後為文介紹，筆下也十分恭敬並沒半點謾罵的字句，可是先生於《我的種痘》一文裡頭卻有所誤會似地順筆對我放了兩三枝冷箭兒，特別地說是有人攻擊先生的老，在我呢，並沒有覺得先生老了，而且那篇文章也沒有攻擊先生的老，先生自己認為是老了吧了。

伯納蕭的年紀比先生還大，伯納蕭的鬢毛比先生還白如絲吧，伯納蕭且不是老了，先生怎麼這樣就以為老了呢？我是從來沒感覺到先生老了的，我只感覺到先生有如青年而且希望先生永久年輕。然而，讀了李儵先生的文章，我惶恐，我驚訝，原來先生真的老了。

李儵先生因為看了先生老了而「不禁一股酸味上心頭」有如看他的令尊的老態的時候有過的情緒，我雖然也時常想念著我那年老的父親，但並沒有如人家攻擊我那樣地想做一個「孝子」，不過是天性所在有時未免興感而想念著吧了，所以我看了李儵先生的文章並沒有聯想到我的父親上面去。然而先生老了，我是惶恐與驚訝。

我惶恐與驚訝的是，我們敬愛的文壇前輩老了，他將因為生理上的緣故而要停止他的工作了！在這敬愛的心理與觀念上，我將今年來對先生的反感打個粉碎，竭誠地請先生訓誨。可是希望先生以嚴肅的態度出之，如「噓」，如放冷箭兒等卻請慎重，以令對方心服。

第二個感想使我……因為那是李儵先生的事，這裡不願有擾清聽。

假如這信是先生覺得有答覆的價值的話，就請寄到這裡《文化列車》的編者將它發表，否則希望先生為文給我一個嚴正的批判也可以。發表的地方我想隨處都歡迎的。

專此並竭誠地恭敬地問了一聲安好並祝康健。

楊邨人謹啟。一九三三，一二，三。

末了附帶聲明一句，我作這信是出諸至誠，並非因為鬼兒子罵我和先生打筆墨官司變成小鬼以後向先生求和以……「大鬼」的意思。邨人又及。

以下算是我的回信。因為是信的形式，所以開頭照例是——

邨人先生：

先生給我的信是沒有答覆的價值的。我並不希望先生「心服」，先生也無須我批判，因為近二年來的文字，已經將自己的形象畫得十分分明了。自然，我絕不會相信「鬼兒子」們的胡說，但我也不相信先生。

這並非說先生的話是一樣的叭兒狗式的狺狺；恐怕先生是自以為永久誠實的罷，不過因為急促的變化，苦心的躲閃，弄得左支右絀，不能自圓其說，終於變成廢話了，所以在聽者的心中，也就失去了重量。例如先生的這封信，倘使略有自知之明，其實是不必寫的。

先生首先問我「為什麼是諸葛亮[4]？」這就問得稀奇。李儵[5]先生我曾經見過面，並非曹聚仁先生，至於是否李又燃先生，我無從確說，因為又燃先生我是沒有預先見過的。我「為什麼是諸葛亮」呢？別人的議論，我不能，也不必代為答覆，要不然，我得整天的做答案了。

也有人說我是「人群的蟊賊」[6]的。「為什麼？」——我都由它去。但據我所知道，魏延[7]變心，是在諸葛亮死後，我還活著，諸葛亮的頭銜是不能加到我這裡來的，所以「無產階級大眾何時變成了阿斗[8]？」的問題也就落了空。那些廢話，如果還記得《三國志演義》或吳稚暉先生的話，是不至於說出來的，書本子上及別人，並未說過人民是阿斗。現在請放心罷。但先生站在「小資產階級文學革命」[9]的旗下，還是什麼「無產階級大眾」，自己的眼睛看見了這些字，不覺得可羞或可笑麼？不要再提這些字，怎麼樣呢？

其次是先生「驚心動魄」於我的老，可又「驚心動魄」得很稀奇。我沒有修煉仙丹，自然的規則，一定要使我老下去，絲毫也不足為奇的，請先生還是鎮靜一點的好。而且我後來還要死呢，這也是自然的規則，預先聲明，請千萬不要「驚心動魄」，否則，逐漸就要神經衰弱，愈加滿口廢話了。我即使老，即使死，卻絕不會將地球帶進棺材裡去，它還年輕，它還存在，希望正在將來，目前也還可以插先生的旗子。這一節我敢保證，也請放心工作罷。

於是就要說到「三噓」問題了。這事情是有的，但和新聞上所載的有些兩樣。那時是在一個飯店裡，大家閒談，談到有幾個人的文章，我確曾說：這些都只要以一噓了之，不值得反駁。這幾個人們中，先生也在內。我的意思是，先生在那冠冕堂皇的「自白」[10]裡，明明的告白了農民的純厚，小資產階級的智識者的動搖和自私，卻又要來豎起小資產階級革命文學的旗，就自己打著自己的嘴。

不過也並未說出，走散了就算完結了。但不知道是輾轉傳開去的呢，還是當時就有新聞記者在座，不久就張大其辭的在紙上登了出來，並請讀者猜測。近五六年來，關於我的記載多極了，無論為毀為譽，是假是真，我都置之不理，因為我沒有聘定律師，常登廣告的鉅款，也沒有遍看各種刊物的工夫。況且新聞記者為要哄動讀者，會弄些誇張的手段，是大家知道的，甚至於還全盤揑造。

例如先生還在做「革命文學家」的時候，用了「小記者」的筆名，在一種報上說我領到了南京中央黨部的文學獎金，大開筵宴，祝孩子的周年，不料引起了郁達夫先生對於亡兒的記憶，悲哀了起來。[11]這真說得栩栩如生，連出世不過一年的嬰兒，也和我一同被噴滿了血污。然而這事實的全出於創作，我知道，達夫先生知道，記者兼作者的您楊邨人先生當然也不會不知道的。

當時我一聲不響。為什麼呢？革命者為達目的，可用任何手段的話，我是以為不錯的，所以即使因為我罪孽深重，革命文學的第一步，必須拿我來開刀，我也敢於咬著牙關忍受。殺不掉，我就退進野草裡，自己舐盡了傷口的血痕，絕不煩別人敷藥。但是，人非聖人，為了麻煩而激動起來的時候也有的，我誠然譏誚過先生「們」，這些文章，後來都收在《三閒集》中，一點也不刪去，然而和先生「們」的造謠言和攻擊文字的數量來比一比罷，不是不到十分之一麼？

不但此也，在講演裡，我有時也曾嘲笑葉靈鳳先生或先生，先生們以「前衛」之名，雄赳赳出陣的時候，我是祭旗的犧牲，則戰不數合便從火線上爬了開去之際，我以為實在也難以禁絕我的一笑。無論在階級的立場上，在個人的立場上，我都有一笑的權利的。然而我從未傲然的假借什麼「良心」或「無產階級大眾」之名，來凌壓敵手，我接著一定聲明：這是因為我和他有些個人的私怨的。先生，這還不夠退讓麼？

但為了不能使我負責的新聞記事，竟引起先生的「反感」來了，然而仍蒙破格的優待，在《新儒林外史》[12]裡，還賞我拿一柄大刀。在禮儀上，我是應該致謝的，但在實際上，卻也如大張筵宴一樣，我並無大刀，只有一枝筆，名曰「金不換」。

這也並不是在廣告不收盧布的意思，是我從小用慣，每枝五分的便宜筆。我確曾用這筆碰著了先生，不過也只如運用古典一樣，信手拈來，涉筆成趣而已，並不特別含有報復的惡意。但先生卻又給我掛上「三枝冷箭」了。這可不能怪先生的，因為這只是陳源教授的餘唾[13]。然而，即使算是我在報復罷，由上面所說的原因，我也還不至於走進「以怨報德」的隊伍裡面去。

至於所謂《北平五講與上海三嘘》，其實是至今沒有寫，聽說北平有一本《五講》出版，那可並不是我做的，我也沒有見過那一本書。不過既然鬧了風潮，將來索性寫一點也難說，如果寫起來，我想名為《五講三嘘集》，但後一半也未必正是報上所說的三位。先生似乎羞與梁實秋張若谷兩位先生為伍，我看是排起來倒也並不怎樣辱沒了先生，只是張若谷先生比較的差一點，淺陋得很，連做一「嘘」的材料也不夠，我大概要另換一位的。

對於先生，照我此刻的意見，寫起來恐怕也不會怎麼壞。我以為先生雖是革命場中的一位小販，卻並不是奸商。我所謂奸商者，一種是國共合作時代的闊人，那時頌蘇聯，讚共產，無所不至，一到清黨時候，就用共產青年，共產嫌疑青年的血來洗自己的手，依然是闊人，時勢變了，而不變其闊；一種是革命的驍將，殺土豪，倒劣紳，激烈得很，一有蹉跌，便稱為「棄邪歸正」，罵「土匪」，殺同人，也激烈得很，主義改了，而仍不失其驍。

先生呢，據「自白」，革命與否以親之苦樂為轉移，有些投機氣味是無疑的，但並沒有反過來做大批的買賣，僅在竭力要化為「第三種人」，來過比革命黨較好的生活。既從革命陣線上退回來，為辯護自己，做穩「第三種人」起見，總得有一點零星的懺悔，對於統治者，其實是頗有些益處的，但竟還至於遇到「左右夾攻的當兒」者，恐怕那一方面，還嫌先生門面太小的緣故罷，這和銀行雇員的看不起小錢店夥計是一樣的。先生雖然覺得抱屈，但不信「第三種人」的存在不獨是左翼，卻因先生的經驗而證明了，這也是一種很大的功德。

平心而論，先生是不算失敗的，雖然自己覺得被「夾攻」，但現在只要沒有馬上殺人之權的人，有誰不遭人攻擊。生活當然是辛苦的罷，不過比起被殺戮，被囚禁的人們來，真有天淵之別；文章也隨處能夠發表，較之被封鎖，壓迫，禁止的作者，也自由自在得遠了。和闊人驍將比，那當然還差得很遠，這就因為先生並不是奸商的緣故。這是先生的苦處，也是先生的好處。

話已經說得太多了，就此完結。總之，我還是和先前一樣，絕不肯造謠說謊，特別攻擊先生，但從此改變另一種態度，卻也不見得，本人的「反感」或「恭敬」，我是毫不打算的。請先生也不要因為我的「將因為生理上的緣故而要停止工作」而原諒我，為幸。

專此奉答，並請

著安。

魯迅。一九三三，一二，二八。

【注釋】

1 本篇在收入本書前未在報刊上發表過。

2 文藝性五日刊，方含章、陳欒合編，一九三三年十二月一日在上海創刊，一九三四年三月二十五日出至第十二期停刊。

3 楊邨人（一九〇一－一九五五）廣東潮安人。一九二五年加入中國共產黨，一九二八年參加太陽社，一九三二年叛變革命。

4 諸葛亮（一八一－二三四）字孔明，琅王牙陽都（今山東沂南）人，三國時政治家、軍事家，蜀漢丞相。在《三國演義》中，他是一個具有高度智慧和謀略的典型人物。

5 應作李儵，即曹藝，浙江浦江人，曹聚仁之弟。他的《讀〈偽自由書〉》一文，發表於《濤聲》第二卷第四十期（一九三三年十月二十一日）。

6 這是《社會新聞》第五卷第十三期（一九三三年十一月）署名「莘」的《讀〈偽自由書〉後》中謾罵魯迅的話。

7 魏延（？－二三四）三國義陽（今屬河南）人，蜀國大將。《三國演義》一〇五回載：「孔明識魏延腦後有反骨，每欲斬之；因憐其勇，故姑留用。」諸葛亮死後不久，他就謀反；長史楊儀按諸葛亮生前預定計策，將他殺掉。

8 三國蜀後主劉禪的小名。據史書記載和《三國演義》中的描寫，他是一個昏庸無能的人。

9 楊邨人在《現代》第二卷第四期（一九三三年二月）發表《揭起小資產階級革命文學之旗》一文中說：「無產階級已經樹起無產階級文學之旗，而且已經有了鞏固的營壘，我們為了這廣大的小市民和農民群眾的啟發工作，我們也揭起小資產階級革命文學之旗，號召同志，整齊陣伍，也來紮住我們的陣營。……我們也承認著文藝是有階級性的，而且也承認著屬於某一階級的作家的作品任是無意地也是擁護著其自身所屬的階級的利益。我們是小資產階級的作家，我們也就來作擁護著目前小資產階級的小市民和農民的群眾的利益而鬥爭。」

10 指楊邨人的《離開政黨生活的戰壕》一文（載一九三三年二月上海《讀書雜誌》第三卷第一期）。其中說：「回過頭來，看我自己，父老家貧弟幼，漂泊半生，一事無成，革命何時才成功。我的家人現在在作餓殍不能過日，將來革命就是成功，以湘鄂西蘇區的情形來推測，我的家人也不免作餓殍作叫化子的。還是：留得青山在，且顧自家人吧了！病中；千思萬想，終於由理智來判定，我脫離中國共產黨了。」

11 這裡指楊邨人於一九三〇年在他自己所辦的《白話小報》第一期上，以「文壇小卒」的筆名發表的《魯迅大開湯餅會》一文。其中對魯迅造謠誣衊說：「這時恰巧魯迅大師領到當今國民政府教育部大學院的獎賞；於是乎湯餅會便開成了。……這日魯迅大師的湯餅會到會的來賓，都是海上聞人，鴻儒碩士，大小文學家呢。那位郁達夫先生本是安徽大學負有責任的，聽到這個喜訊，亦從安慶府連夜坐船東下呢。郁先生在去年就產下了一個虎兒，這日帶了郁夫人抱了小娃娃到會，會場空氣倍加熱鬧。酒飲三巡，郁先生首先站起來致祝辭，大家都對魯迅大師恭喜一杯，魯迅大師謙遜著致詞，說是小囝將來是龍是犬還未可知，各位今天不必怎樣的慶祝啦。座中楊騷大爺和白薇女士同聲叫道，一定是一個龍兒呀！這一句倒引起郁先生的傷感，他前年不幸夭殤的兒子，名字就叫龍兒呢！」

12 這是楊邨人化名柳絲所作攻擊魯迅的文章，載一九三三年六月十七日《大晚報·火炬》。其中誣衊魯迅對他的批判是「手執大刀」、「是非不分」的「亂砍亂殺」。

13 陳源曾在一九二六年一月三十日《晨報副刊》發表《閒話的閒話之閒話引出來的幾封信》，其中誣衊魯迅說，「他沒有一篇文章裡不放幾枝冷箭兒」。

魯迅年表

一八八一年

九月二十五日（農曆八月初三日）出生於浙江省紹興府會稽縣東昌坊口周家。取名樟壽，字豫山，後改名樹人，字豫才；一九一八年發表小說《狂人日記》時始用筆名「魯迅」。

一八八七年　六歲

入家塾，從叔祖玉田讀書。

一八九二年　十一歲

入三味書屋私塾，從壽鏡吾先生讀書。

一八九三年　十二歲

秋，祖父周介孚因科場案入獄。魯迅被送往外婆家暫住，接觸了一些農民生活，與農民的孩子建立了純真的感情。

一八九四年　十三歲

春，回家，仍就讀於三味書屋。

冬，父周伯宜病重。為求醫買藥，常出入於當鋪、藥店。

一八九六年　十五歲

十月，父周伯宜病故，終年三十七歲。

一八九八年　十七歲

五月，往南京考入江南水師學堂求學。

十月，因不滿水師學堂的腐敗、守舊，改考入江南礦路學堂（全稱為「江南陸師學堂附設礦務鐵路學堂」）。魯迅這時受了康梁維新的影響，又讀到了《天演論》等譯著，開始接受進化論與民主思想。

一九〇一年　二十歲

繼續在礦路學堂求學。十一月，到青龍山煤礦實習。

一九〇二年　二十一歲

一月，從礦路學堂畢業。

四月，由江南督練公所派往日本留學，入東京弘文書院學習日語。

十一月，與許壽裳、陶成章等百餘人在東京組成浙江同鄉會，決定出版《浙江潮》月刊。課餘積極參加當時愛國志士的反清革命活動。

一九〇三年　二十二歲

三月，剪去髮辮，攝「斷髮照」，並題七絕詩〈靈台無計逃神矢〉一首於照片背後贈許壽裳。

六月，在《浙江潮》第五期發表〈斯巴達之魂〉與譯文〈哀聖〉（法國雨果的隨筆）。

十月，在《浙江潮》第八期發表〈說鍚〉與〈中國地質論〉。所譯法國凡爾納的科學小說《月界旅行》由東京進化社出版。

十二月，所譯凡爾納科學小説《地底旅行》第一、二回在《浙江潮》第十期發表，該書的全譯本後於一九〇六年由南京城新書局出版。

一九〇四年　二十三歲

四月，在弘文書院結業。

九月，入仙台醫學專門學校求學。魯迅後來在講到自己學醫的動機時說：「我的夢很美滿，預備卒業回來，救治像我父親般被誤的病人的疾苦，戰爭時候便去當軍醫，一面又促進了國人對於維新的信仰。」（《吶喊．自序》）

一九〇六年　二十五歲

一月，在看一部反映日俄戰爭的幻燈片時深受刺激：一個體格健壯的中國人被日軍指為俄探，砍頭示眾，而被殺者與圍觀的中國人卻都神情麻木，魯迅由此而感到要拯救中國，「醫學並非一件緊要事」，更重要的是「改變他們的精神」，於是決定棄醫從文，用文藝來改變國民精神。

三月，從仙台醫學專門學校退學，到東京開始從事文藝活動。

夏秋間，奉母命回紹興與山陰縣朱安女士完婚。婚後即返東京。

一九〇七年　二十六歲

夏，與許壽裳等籌辦文藝雜誌《新生》，未實現。

冬，作〈人之歷史〉、〈科學史教篇〉、〈文化偏至論〉、〈摩羅詩力説〉，都發表在河南留學生主辦的《河南》月刊上。

一九〇八年　二十七歲

加入反清秘密革命團體光復會（一說一九〇四年）。

繼續為《河南》月刊撰稿，著《破惡聲論》（未完），翻譯匈牙利籁息的《裴象飛詩論》。

夏，與許壽裳、錢玄同、周作人等請章太炎在民報社講解《說文解字》。

一九〇九年　二十八歲

三月，與周作人合譯《域外小說集》第一冊出版；七月，出版第二冊。

八月，結束日本留學生活，回國，任杭州浙江兩級師範學堂生理學、化學教員。

一九一〇年　二十九歲

九月，改任紹興府中學堂生物學教員及監學。授課之餘，開始輯錄唐以前的小說佚文（後彙成《古小說鉤沉》）及有關會稽的史地佚文（後彙成《會稽郡故書雜集》）。

一九一一年　三十歲

十月，辛亥革命爆發；十一月，杭州光復。為迎接紹興光復，魯迅曾率領學生武裝演說隊上街宣傳革命，散發傳單。紹興光復後，以王金發為首的紹興軍公政府委任魯迅為浙江山會初級師範學堂監督。

文言短篇小說《懷舊》作於本年。

一九一二年　三十一歲

一月三日，在《越鐸日報》創刊號上發表〈《越鐸》出世辭〉。
二月，辭去山會初級師範學堂監督職，應教育總長蔡元培邀請，到南京任教育部部員。
五月，隨臨時政府遷往北京，任教育部僉事與社會教育司第一科科長。

一九一三年　三十二歲

二月，發表《儗播布美術意見書》。
六月下旬，回紹興省母，八月上旬返京。
十月，校錄《稽康集》，並作〈稽康集．跋〉。

一九一四年　三十三歲

四月起，開始研究佛學。
十一月，輯《會稽故書雜集》成，並作序文。

一九一五年　三十四歲

九月一日，被教育部任命為通俗教育研究會小説股主任。
本年開始在公餘搜集、研究金石拓本，尤側重漢代、六朝的繪畫藝術。

一九一六年　三十五歲

公餘繼續研究金石拓本。
十二月，母六十壽，回紹興。次年一月回北京。

一九一七年　三十六歲

七月三日，因張勳復辟，憤而離職；亂平後，十六日回教育部工作。

一九一八年　三十七歲

四月二日，〈狂人日記〉寫成，這是我國新文學中的第一篇白話小說，發表於五月號《新青年》，始用「魯迅」的筆名。

七月二十日，作論文〈我之節烈觀〉，抨擊封建禮教，發表於八月出版的《新青年》。

九月開始，在《新青年》「隨感錄」欄陸續發表雜感。

冬，作小說《孔乙己》。

一九一九年　三十八歲

四月二十五日，作小說《藥》。

六月末或七月初，作小說《明天》。

八月十二日，在北京《國民公報》「寸鐵」欄用筆名「黃棘」發表短評四則。

八月十九日至九月九日，在《國民公報》「新文藝」欄以「神飛」為筆名，陸續發表總題為〈自言自語〉的散文詩七篇。

十月，作論文〈我們現在怎樣做父親〉。

十二月一日至二十九日，返紹興遷家，接母親、朱安和三弟建人至北京。

十二月一日，發表小說《一件小事》。

一九二〇年　三十九歲

八月五日，作小說《風波》。

八月十日，譯尼采《查拉圖斯特拉的序言》畢，發表於九月出版的《新潮》第二卷第五期。

本年秋開始兼任北京大學、北京高等師範學校講師。

一九二一年　四十歲

一月，作小說《故鄉》。

二、三月，重校《嵇康集》。

十二月四日，所作小說《阿Q正傳》在北京《晨報副刊》開始連載，至次年二月十二日載畢。

一九二二年　四十一歲

二月，發表雜文〈估《學衡》〉，冉校《嵇康集》。

五月，譯成愛羅先珂的童話劇《桃色的雲》，次年由上海商務印書館出版；與周建人、周作人合譯的《現代小說譯叢》，由上海商務印書館出版。

六月，作小說《白光》、《端午節》。

十一月，作歷史小說《不周山》（後改名《補天》）。

十二月，編成小說集《吶喊》，並作〈自序〉，次年由北京新潮社出版。

一九二三年　四十二歲

六月，與周作人合譯的《現代日本小說集》由上海商務印書館出版。

七月，與周作人關係破裂；八月二日租屋另住。

九月十七日開始，在北京世界語專門學校講授中國小說史，至一九二五年三月結束。
十二月，《中國小說史略》上冊由北京新潮社出版。
十二月二十六日，在北京女子師範大學講演，題為〈娜拉走後怎樣〉。
本年秋季起，除在北大、北師大兼任講師外，又兼任北京女子高等師範學校講師。

一九二四年　四十三歲

一月十七日，在北京師範大學作題為〈未有天才之前〉的講演。
二月作小說《祝福》、《在酒樓上》、《幸福的家庭》。
三月，作小說《肥皂》。
六月，《中國小說史略》下冊由北京新潮社出版。該書次年九月合成一冊由北京北新書局出版。
七月，應西北大學與陝西教育廳之邀，赴西安講學，講題為〈中國小說的歷史的變遷〉。
八月十二日返京。
九月開始寫〈秋夜〉等散文詩，後結集為散文詩集《野草》。
十月，譯畢日本廚川白村的《苦悶的象徵》。本年十二月由北京新潮社出版。
十一月十七日，《語絲》周刊創刊，魯迅為發起人與主要撰稿人之一。創刊號上刊出魯迅的雜文《論雷峰塔的倒掉》。

一九二五年　四十四歲

從一月十五日起，以〈忽然想到〉為總題，陸續作雜文十一篇，至六月十八日畢。
二月二十八日，作小說《長明燈》。
三月十八日，作小說《示眾》。

三月二十一日，作散文〈戰士與蒼蠅〉，對誣蔑孫中山先生的無恥之徒作了猛烈的抨擊。魯迅後來在《集外集拾遺・這是這麼一個意思》中談到這篇散文時說：「所謂戰士者，是指中山先生和民國元年前後殉國而反受奴才們譏笑糟蹋的先烈；蒼蠅則當然是指奴才們。」

五月一日，作小說《高老夫子》。

五月十二日，出席北京女子師範大學學生自治會召開的師生聯席會議，支持學生反對封建家長式統治的正義鬥爭。

八月十四日，被段祺瑞政府教育總長章士釗非法免除教育部僉事職。八月二十二日，魯迅向平政院投交控告章士釗的訴狀。次年一月十七日，魯迅勝訴，原免職之處分撤銷。

十月，作小說《孤獨者》、《傷逝》。

十一月，作小說《弟兄》、《離婚》。

十一月三日，編定一九二四年以前所作之雜文，書名《熱風》，本月由北京北新書局出版。

十二月，所譯日本廚川白村的文藝論集《出了象牙之塔》由北京未名社出版。

十二月二十九日，作論文〈論「費厄潑賴」應該緩行〉。

十二月三十一日，編定雜文集《華蓋集》，並作〈題記〉，次年六月由北京北新書局出版。

一九二六年　四十五歲

二月二十一日，開始寫作回憶散文〈狗・貓・鼠〉等，後結集為回憶散文集《朝花夕拾》，一九二八年九月由北京未名社出版。

三月十日，作《孫中山先生逝世後一周年》，頌揚孫中山先生的革命精神。

三月十八日，段祺瑞政府槍殺愛國請願學生的「三一八慘案」發生。為聲援愛國學生，揭露軍閥政府的暴行，魯迅陸續寫作了〈無花的薔薇之二〉、〈死地〉、〈紀念劉和珍君〉等雜文、散文多篇。因遭北洋軍閥政府通緝，曾被迫離寓至山本醫院、德國醫院等處避難十餘日。
八月一日，編《小說舊聞鈔》，作序言，當月由北京北新書局出版。
八月二十六日，應廈門大學邀請，赴任該校國文系教授兼國學研究院教授，啟程離北京。許廣平同車離京，赴廣州。
八月，小說集《徬徨》由北京北新書局出版。
九月四日，抵廈門大學。
十月十四日，編定雜文集《華蓋集續編》，並作〈小引〉，次年由北京北新書局出版。
十月三十日，編定論文與雜文合集《墳》，並作〈題記〉，次年三月由北京未名社出版。
十二月，因不滿於廈門大學的腐敗，決定接受中山大學的聘請，辭去廈門大學的職務。
十二月三十日，作歷史小說《奔月》。

一九二七年　四十六歲

一月十六日離廈門，十九日到廣州中山大學，出任該校文學系主任兼教務主任。
二月十八日，應邀赴香港講演，講題為〈無聲的中國〉和〈老調子已經唱完〉，二十日回廣州。
四月八日，在黃埔軍官學校講演，題為〈革命時代的文學〉。
四月十五日，為營救被捕的進步學生，參加中山大學系主任會議，無效，於二十九日提出辭職。
四月二十六日，編散文詩集《野草》成，作〈題辭〉。七月，該書由北京北新書局出版。
七月二十三日，應邀在廣州暑期學術講演會上發表題為〈魏晉風度及文章與藥及酒之關係〉的講演。
八月二十二日至二十四日，編《唐宋傳奇集》成，由北京北新書局在本年十二月及次年二月分上下冊出版。
九月二十七日，偕許廣平乘輪船離廣州，十月三日抵達上海，十月八日開始同居生活。
十二月十七日，《語絲》周刊被奉系軍閥封閉，由北京移至上海繼續出版，魯迅任主編，次年十一月辭去主編職。
十二月二十一日，應邀在上海暨南大學演講，題為〈文藝與政治的歧途〉。

一九二八年　四十七歲

二月十一日，譯日本板垣鷹穗的《近代美術思潮論》畢，次年由上海北新書局出版。
二月二十三日，作文藝評論《「醉眼」中的朦朧》。
四月三日，譯日本鶴見佑輔隨筆集《思想．山水．人物》畢，次年五月由上海北新書局出版。
六月二十日，與郁達夫合編的《奔流》月刊創刊。
十月，雜文集《而已集》由上海北新書局出版。

一九二九年　四十八歲

二月十四日，譯日本片上伸的論文《現代新興文學的諸問題》畢，並作〈小引〉，本年四月由上海大江書鋪出版。
四月二十二日，譯蘇聯盧那察爾斯基的論文集《藝術論》畢，並作〈小引〉，本年六月由上海大江書鋪出版。
四月二十六日，作〈《近代世界短篇小說集》小引〉。該書由魯迅、柔石等編譯，分兩冊，先後於本年四月、九月由上海朝花社出版。
五月十三日，離上海北上探親，十五日抵北平。在北平期間，先後應燕京大學、北京大學第二院、北平大學第二師範學院等院校之邀講演。六月三日啟程南返，五日抵滬。

八月十六日，譯蘇聯盧那察爾斯基的論文集《文藝與批評》畢，本年十月由上海水沫書店出版。

九月二十七日，子海嬰出生。

十二月四日，應上海暨南大學之邀，前往講演，題為〈離騷與反離騷〉。

一九三〇年　四十九歲

一月一日，《萌芽月刊》創刊，魯迅為主編人之一。

二月八日，《文藝研究》創刊，魯迅主編，並作〈《文藝研究》例言〉。這個刊物僅出一期。

二月至三月間，先後在中華藝術大學、大夏大學、中國公學分院作演講，共四次，題目分別為〈繪畫漫論〉、〈美術上的現實主義問題〉、〈象牙塔與蝸牛廬〉和〈美的認識〉。

三月二日，中國左翼作家聯盟（簡稱「左聯」）成立，在成立大會上發表〈對於左翼作家聯盟的意見〉的演講，並被選為執行委員。

三月十九日，得知被政府通緝的消息，離寓暫避，至四月十九日。

五月八日，譯完蘇聯普列漢諾夫《藝術論》，並為之作序，本年七月由上海光華書局出版。

八月三十日，譯蘇聯阿·雅各武萊夫小說《十月》成，並作後記，一九三三年二月由上海神州國光社出版。

九月二十五日為魯迅五十壽辰（虛歲）。文藝界人士十七日舉行慶祝會，魯迅出席。

九月二十七日，編德國版畫家梅斐爾德的《士敏土之圖》畫集成，並為之作序。次年二月以三閒書屋名義自費印行。

十一月二十五日，修訂《中國小說史略》畢，並作〈題記〉。修訂本次年七月由上海北新書局出版。

十二月二十六日，譯成蘇聯法捷耶夫的小說《毀滅》，次年九月由上海大江書鋪出版，十月以三閒書屋名義再版。

一九三一年　五十歲

一月二十日，因「左聯」五位青年作家被捕而離寓暫避，二十八日回寓。五位青年作家遇難後，魯迅在「左聯」內部刊物上撰文，並為美國《新群眾》雜誌作〈黑暗中國的文藝界的現狀〉。

四月一日，校閱孫用譯匈牙利裴多菲的長詩〈勇敢的約翰〉畢，並為之作〈校後記〉。

七月二十日，校閱李蘭譯美國馬克．吐溫的小說《夏娃日記》畢，並於九月二十七日為之作〈小引〉。

九月二十一日，就「九一八」事變，發表《答文藝新聞社問》，揭露日本帝國主義的侵略野心。

十二月二十七日，作文藝評論《答北斗雜誌社問》。

一九三二年　五十一歲

一月三十日，因「一二八」戰事，寓所受戰火威脅而離寓暫避，三月十九日返寓。

二月三日，與茅盾、郁達夫等共同簽署《上海文化界告全世界書》，抗議日本帝國主義的侵華暴行。

四月二十四日，雜文集《三閒集》編成，並作序，本年九月由上海北新書局出版。

四月二十六日，雜文集《二心集》編成，並作序，本年十月由上海合眾書店出版。

九月，編集與曹靖華等合譯的蘇聯短篇小說兩冊，一冊名《豎琴》，另一冊名《一天的工作》，各作〈前記〉與〈後記〉，二書均於一九三三年由上海良友圖書公司出版。一九三六年再版時合為一冊，改名為《蘇聯作家二十人集》。

十月十日，作文藝評論《論「第三種人」》。

十月二十五日，作文藝評論《為「連環圖畫」辯護》。

十一月九日，因母病北上探親，十三日抵北平。在北平期間，先後應北京大學第二院、輔仁大學、女子文理學院、北京師範大學與中國大學之邀前往講演，講題分別為〈幫忙文學與幫閒文學〉、〈今春的兩種感想〉、〈革命文學與遵命文學〉、〈再論「第三種人」〉和〈文力與武力〉。三十日返抵上海。

十二月十四日，作〈《自選集》自序〉。《魯迅自選集》於次年三月由上海天馬書店出版。

十二月十六日，編定《兩地書》（魯迅與許廣平的通信集）並作序，次年四月由上海北新書局以「青光書局」名義出版。

十二月，與柳亞子等聯名發表《中國著作家為中蘇復交致蘇聯電》。

一九三三年　五十三歲

一月六日，出席中國民權保障同盟臨時執行委員會會議，被推舉為上海分會執行委員。

二月七、八日，作散文〈為了忘卻的紀念〉。

二月十七日，在宋慶齡寓所參加歡迎英國作家蕭伯納的午餐會。

三月二十二日，作〈英譯本《短篇小說選集》自序〉。

五月十三日，與宋慶齡、楊杏佛等赴上海德國領事館，遞交《為德國法西斯壓迫民權摧殘文化的抗議書》。

五月十六日，作雜文〈天上地下〉。

六月二十六日，作雜文〈華德保粹優劣論〉。

六月二十八日，作雜文〈華德焚書異同論〉。

七月十九日，雜文集《偽自由書》編定，作〈前記〉，三十日作〈後記〉，本年十月由上海北新書局以「青光書局」名義出版。
七月七日，與美國黑人詩人休斯會晤。
八月二十七日，作文藝評論《小品文的危機》。
九月三日，世界反對帝國主義戰爭委員會在上海召開遠東會議，魯迅被推選為主席團名譽主席，但未能出席會議。
十二月二十五日，為葛琴的小說集《總退卻》作序。
十二月三十一日，雜文集《南腔北調集》編定，並作〈題記〉，次年三月由上海聯華書局以「同文書局」名義出版。

一九三四年　五十三歲

一月二十日，為所編蘇聯版畫集《引玉集》作〈後記〉，本年三月以「三閒書屋」名義自費印行。
三月十日，編定雜文集《準風月談》作〈前記〉，十月二十七日作〈後記〉，本年十二月由上海聯華書局以「興中書局」名義出版。
三月二十三日，作《答國際文學社問》。
五月二日，作文藝評論《論「舊形式的採用」》。
六月四日，作雜文〈拾來主義〉。
七月十八日，編定中國木刻選集《木刻紀程》並作〈小引〉，本年八月由鐵木藝術社印行。
八月一日，作散文〈憶劉半農君〉。
八月九日，編《譯文》月刊創刊號，任第一至第三期主編，並作〈《譯文》創刊前記〉。
八月十七至二十日，作論文〈門外文談〉。

八月，作歷史小說《非攻》。

十一月二十一日，為英文月刊作雜文〈中國文壇上的鬼魅〉。

十二月二十日，編定《集外集》，作序言。本書次年五月由群眾圖書公司出版。

一九三五年　五十四歲

一月一日至十二日，譯成蘇聯班台萊夫的兒童小說《錶》，本年七月由上海生活書店出版。

二月十五日，著手翻譯俄國果戈里的小說《死魂靈》第一部，十月六日譯畢，本年十一月由上海文化生活出版社出版。

二月二十日，《中國新文學大系．小說二集》編選畢，並為之作序。本年七月由上海良友圖書印刷公司出版。

三月二十八日，作〈田軍作《八月的鄉村》序〉。

四月二十九日，為日本改造社用日文寫《在現代中國的孔夫子》。

六月十日起陸續作以〈題未定草〉為總題的雜文，至十二月十九日止，共八篇。

八月八日，為所譯高爾基《俄羅斯的童話》作〈小引〉，該書十月由上海文化出版社出版。

十一月十四日，作〈蕭紅作《生死場》序〉。

十一月二十九日，作歷史小說《理水》畢。

十二月二日，作文藝評論《雜談小品文》。

十二月，作歷史小說《采薇》、《出關》、《起死》；與前作《補天》、《奔月》、《鑄劍》、《理水》、《非攻》一起彙編成《故事新編》，本月二十六日作序，次年一月由上海文化生活出版社出版。

十二月三十日，作《且介亭雜文》序及附記，十二月三十一日，作《且介亭雜文二集》序及後記；本月還曾著手編《集外集拾遺》，因病中止。

一九三六年　五十五歲

一月二十八日，《凱綏・珂勒惠支版畫選集》編定，並作〈序目〉，本年五月自費以三閒書屋名義印行。

二月二十三日，為日本改造社用日文寫《我要騙人》。

三月二日，肺病轉重，量體重，僅三十七公斤。

三月下旬，扶病作〈《海上述林》上卷序言〉，四月底，作〈《海上迷林》下卷序言〉。該書署「諸夏懷霜社教印」，上卷於本年五月出版，下卷於本年十月出版。

四月十六日，作雜文《三月的租界》。

六月九日，作《答托洛斯基派的信》。

八月三日至五日，作《答徐懋庸並關於抗日統一戰線問題》。

九月五日，作散文〈死〉。

十月八日，往青年會參觀第二次全國木刻流動展覽會，並與青年木刻藝術家座談。

十月九日，作散文〈關於太炎先生二三事〉。

十月十七日，執筆寫作一生中最後的一篇作品《因太炎先生而想起的二三事》，未完篇輟筆。

十月十九日晨三時半，病勢劇變，延至五時二十五分病逝於上海。

魯迅雜文精選：8

南腔北調集【經典新版】

作者：魯迅
發行人：陳曉林
出版所：風雲時代出版股份有限公司
地址：10576台北市民生東路五段178號7樓之3
電話：(02) 2756-0949
傳真：(02) 2765-3799
執行主編：朱墨菲
美術設計：吳宗潔
行銷企劃：林安莉
業務總監：張瑋鳳

初版日期：2022年5月
ISBN：978-626-7025-79-6

風雲書網：http://www.eastbooks.com.tw
官方部落格：http://eastbooks.pixnet.net/blog
Facebook：http://www.facebook.com/h7560949
E-mail：h7560949@ms15.hinet.net
劃撥帳號：12043291
戶名：風雲時代出版股份有限公司

風雲發行所：33373桃園市龜山區公西村2鄰復興街304巷96號
電話：(03) 318-1378
傳真：(03) 318-1378
法律顧問：永然法律事務所 李永然律師
北辰著作權事務所 蕭雄淋律師

行政院新聞局局版台業字第3595號 營利事業統一編號22759935

定價：320元

國家圖書館出版品預行編目資料

南腔北調集 / 魯迅著. -- 三版. -- 臺北市：風雲時代出版股份有限公司, 2022.03
面；　公分. -- (魯迅雜文精選；8)

ISBN 978-626-7025-79-6 (平裝)

855　　　　111001849